Gabriel Loidolt **Die irische Geliebte**

Gabriel Loidolt

# Die irische Geliebte

Roman

RECLAM
LEIPZIG

1. Auflage, 2005
Umschlaggestaltung: Simin Bazargani unter
Verwendung eines Motivs von © ZEFA/
George Simhoni
Autorenfoto Umschlagklappe: © privat
Gesetzt aus Rotis serif
Satz: Steffi Glauche, Leipzig
Druck und Bindung: Ebner & Spiegel, Ulm
Printed in Germany
ISBN 3-379-00853-2

www.reclam.de

Alle Geschichten sind erfunden, Spiele
der Einbildung, Entwürfe der Erfahrung.

*Max Frisch*

»Die höchste Liebe ist die geheime.«

*Aus dem* Hagakure *von Yamamoto Yamamoto*
*(1659–1719)*

# I

Nie hätte ich gedacht, daß auch ich eines Tages um den St. Stephen's Green kurven sollte.
Der Park lag unweit der feinen Grafton Street, der schönsten Fußgängerzone Dublins, am rechten Ufer der Liffey. Es gab schönere und größere Parks in der Stadt, aber nur einen, in dem an manchen Tagen unscheinbar gekleidete Frauen wie nebenbei Ausschau nach Männern hielten. Ich war Ende Zwanzig, sah nicht übel aus, doch mein erstes Erlebnis mit einer Frau war das mit einem Freudenmädchen gewesen, beim Militär – eine Erfahrung, die mich so enttäuschte, daß ich gegen die Versuchung käuflicher Liebe für alle Zeiten gewappnet schien. Trotzdem, eines Tages kurvte auch ich um den St. Stephen's Green.

Ende September hatte ich mit einer Fähre über den Kanal und die Irische See gesetzt. Nach endloser Fahrt quer durch halb Kontinentaleuropa und den Süden Englands, dessen Landstriche mich oft an Gemälde von William Turner erinnerten, das karge, regnerische, fast baumlose Wales. Von Fishguard hinüber nach Rosslare: Die See wogte grau im Atem eines Windes, der vom Atlantik hereinstrich. Die Tassen im Zwischendeck rutschten hin und her, Regen schauerte gegen die Fenster, die Motoren stampften gequält. Auch die letzten Möwen hatten sich bald im peitschenden Grau des Himmels aufgelöst.

Ich hatte noch nie eine Fähre benutzt, außer die von Calais nach Dover. Nach Irland reisten damals nur Leute ohne Geldsorgen oder Weltenbummler. Mir kam das Meer rauh vor, obwohl ein Mitreisender, mit dem ich mich ein bißchen angefreundet hatte, nur lächelte, als ich ihn fragte, wie schnell wohl Hilfe käme, wenn die Fähre sank. Ich kannte nur die Strände einiger Mittelmeerländer, die mit dem Auto über das Land erreichbar waren. Oder mit günstigen Charterflügen. Ich war kein Tourist, ich reiste auf die grüne Insel, weil mein Studium hinter mir lag, ich Erfahrungen im Ausland sammeln wollte. Ich hatte mich an einer amerikanischen und einer britischen Universität beworben, sicherheitshalber auch an einer irischen. In Berkeley wollte man mich nicht haben, in Oxford auch nicht, die National University of Ireland fand mich attraktiv. Die Grüne Insel war für mich zweite Wahl, wenn nicht dritte: Ich bekam eine Stelle am Physics Department in Claire, fünfzehn Meilen vom Stadtzentrum entfernt, falls die Dubliner selbst wußten, wo ihre Stadt aufhörte, zumal es kein Schild geben sollte, das deren Anfang oder Ende verkündete.

Nach der Ankunft auf festem Boden und der nächtlichen Fahrt, die Küstenstraße hinauf nach Dublin, war ich so müde, daß ich auf einem Parkplatz übernachtete: Der Regen schleierte zum geöffneten Fenster herein, kein Hotel weit und breit, auf meiner Uhr am grün leuchtenden Armaturenbrett war es bereits nach Mitternacht. Ich hatte wenig Geld, ich wußte, daß Irland teuer war. Im Süden noch mehr als im Norden. Zum Glück hatte man mir für die ersten vier Wochen ein Zimmer auf dem Campus reserviert. Vollpension.

Ich war erleichtert, als ich am Vormittag halbwegs trocken dort ankam und ein Father Paul mich freundlich, sogar in bestem Deutsch begrüßte. Er hatte eine Fahne, wankte aber nicht. Ich dachte, es müsse etwas daran sein an dem Vorurteil meiner Breitengrade, daß Iren gern tranken und rauften. Sogar rothaarig war er. Und ungemein freundlich.

Das Bentham College lag in einem tiefgrünen Landstrich mit engen Straßen und Häusern aus Stein, krächzenden Raben im Geäst dunkler Bäume und Pferdekoppeln, wie ich am Tag bemerkte, nachdem ich das Verwaltungsbüro aufgesucht hatte, um mich vorzustellen und bestimmte Dinge zu erledigen.

Das College war eine jahrhundertealte Einrichtung mit zweigeschossigen, langgestreckten, schloßähnlichen Gebäuden, an denen sich Efeu um weiße Fensterläden rankte. Es beherbergte eine Kirche, einen botanischen Garten, ein Hallenbad, ja sogar einen eigenen Friedhof mit verwitterten Ringkreuzen auf dem alten Campus sowie Apartmenthäuser für die Studenten, flache moderne Unterrichtsgebäude, Sportplätze und eine große Bibliothek auf dem neuen Campus. Alles bewacht von einem Sicherheitsdienst in brauner Uniform. Der kürzeste Weg zwischen altem und neuem Campus führte über eine Bogenbrücke aus Beton, welche die aus Dublin hinausführende Straße am Ortsende von Claire überspannte.

Ich arbeitete im neuen Teil: Vor dem Fenster meines kleinen Büros grasten schwarz-weiß gescheckte Kühe zwischen Buschhecken und elektrischen Zäunen unter einem Himmel, der seine Farben ständig wechselte und mich an ein zerlaufendes Aquarell erinnerte. Es sollten Zeiten kommen, in denen ich Gewieher statt Muhen vernahm und mich die Erscheinung einer Fee oder wenigstens eines Burgfräuleins nicht überrascht hätte. Bereits am ersten Tag sah ich eine Gestalt mit weißen Flügeln aus dem nassen Farbengewitter auf mein Fenster zuschweben. »Hello, good man, God bless you!«, sagte eine Dame unbestimmbaren Alters in Nonnentracht, worauf ich höflich antwortete: »You are welcome, sister.«

Der neue Campus beherbergte die Arts und Sciences. Die Pinguine, wie man die Priester und Nonnen scherzhaft nannte, waren Exemplare von jenseits der Straße, die man höflich grüßte, die hier aber nichts zu sagen hatten, wie mir ein junger Tutor stolz mitteilte.

Professor Padraig O'Leary, mein Chef, ein korpulenter Mann mit Hosenträgern und dem Bart eines Fidel Castro, war ein überaus zuvorkommender Mensch: stets gut gelaunt, aber so mit Arbeit eingedeckt, daß er selten zu Mittag aß, jedenfalls nicht im Speisesaal des ehrwürdigen Kollegiums auf dem alten Campus. Auch seine beiden Kollegen, Mr. Poolbridge, ein knochiger Mittdreißiger mit Froschaugen von den britischen Kanalinseln, und sein Intimus, der etwas jüngere Mr. James Howy, ein kleiner Dicker, nahmen den Lunch lieber in ihrem Büro ein, was jeder, der nicht blind war, verstehen konnte. Der junge Techniker Sean O'Heany, ein zerzauster Wuschelkopf, der für die Laboraufbauten zuständig war, umwarb eine Sekretärin im Verwaltungsbüro und tauchte sogar im Labor nicht immer planmäßig auf.

Ohne technische Unterstützung fühlte ich mich in der Mensa des Kollegiums nicht sehr wohl: An den polierten, fein gedeckten Tischen saßen geistliche wie weltliche Herren, durchsetzt mit wenigen Damen, in Eintracht beisammen, aßen ein Menü First oder Second Class lauwarmer irischer Küche und diskutierten über die Probleme des Heiligen Augustinus, die Vorzüge des gezuckerten Soda-Brotes, die Ars Poetica des Horaz oder die Beschußfestigkeit der Küstentürme gegen die Napoleonische Invasionsdrohung, von denen die letzten gerade an wohlhabende Bürger verkauft wurden. Den Philosophen, Historikern, Altphilologen und Theologen war ich nicht ganz geheuer, allein schon wegen meines holprigen Englisch, aber auch, weil ich beim ersten großen Campusfest mit *female students* tanzte und mich genauso betrank wie die jungen Leute, die ich in die Geheimnisse höherer Mathematik, Schwingungslehre und Erzeugung ultrakurzer Wellen einführte. Ich ließ mich sogar zu Orgien verführen, die darin bestanden, daß ich mich in den Aufenthaltsräumen und Apartments der Studenten herumtrieb, um selbstgebrauten Wein mitzutrinken, dessen Bestandteile man in jedem Supermarkt bekam, weil auch die billigste Flasche für alle zu teuer war, die keinen reichen Onkel in Amerika hatten oder wenigstens in den Sommerferien über den Atlantik flogen und als Barkeeper schufteten – ein Flug vom Shannon Airport in Limerick nach New York und retour war erheblich billiger als ein einfacher Flug von Wien nach Dublin.

Innerhalb weniger Wochen, ja Tage gewöhnte ich mich an den Linksverkehr, an Fried Chicken und Chips mit dem obligaten Spritzer Essig, an die seltsamen Öffnungszeiten der Pubs, von denen manche einen eigenen Eingang mit gesonderter Theke für die Arbeitslosen hatten, wo das Pint Guinness zehn Pence weniger kostete. Ich gewöhnte mich an die vielen bettelnden Kinder, die einen, trotz Regen und Kälte meist kahlgeschoren und barfuß, stets nach Petroleum riechend, mit schmutziger Hand anbettelten. »Will y gimme thirty p, Sir, please will y?« Nicht nur in den schmutzigen Straßen von Dublin, sondern auch auf dem Land, in den kleinen bis um zehn Uhr abends geöffneten Läden von Claire, in deren Nähe die klapprigen Wohnwagen der Tinkers, wie weniger freundliche Iren diese Obdachlosen nannten, für Wochen Halt machten, bevor sie mit ihren verlausten Kindern die Leinen mit den bunten Kleidern einholten und so unvermutet wie Vögel weiterzogen. Als Kontinentaleuropäer hielt ich sie für Zigeuner, bis mir Father Paul, ein deutscher Afrika-Missionar auf Entziehungskur, sagte, es handle sich um die Nachkommen jener Iren, die von den Engländern zu Zeiten des tausendmal verfluchten Oliver Cromwell endgültig von ihrem eigenen Land vertrieben wurden und nie wieder richtig Fuß faßten. Ich gewöhnte mich an vielerlei, was mir

zunächst fremd, zumindest sehr englisch schien. An gewisse Dinge sollte ich mich aber nicht gewöhnen, dafür war ich schon zu alt.
Ja, damals kam ich mir alt vor, während ich mir heute jung vorkomme. Keiner meiner Studenten war älter als zweiundzwanzig, dreiundzwanzig. Viel ältere gab es nur in anderen Departments – das waren solche, die seit vielen Jahren einen Traum träumten und ihr halbes Leben Penny für Penny zur Seite gelegt hatten: für einen College-Abschluß, den sie stolz in schwarzem Habitus und mit viereckiger Kopfbedeckung feiern wollten, was man an unseren Universitäten längst als verzopft ablehnte – *unter den Talaren den Muff von 1000 Jahren!*
Trotzdem: Die Studenten waren ungemein höflich und freundlich. Ich verstand mich auf Anhieb mit ihnen.

Eines Abends lernte ich eine junge Frau kennen. Die Läden in Claire unten waren längst zu, sogar die Pubs hatten schon geschlossen. Der Wind rüttelte an den Fensterläden und trieb buntes Laub vor sich her.
Ich war nach dem Pub mit einigen Studenten in die Großküche geschlichen, von der aus die welt-

lichen Studenten, die auf dem neuen Campus wohnten, mit drei Mahlzeiten am Tag versorgt wurden wie auch mindestens ein Dutzend altgedienter Geistlicher der *Irish Missionary* mit Malaria- und noch mehr Alkoholproblemen. Irische Studenten waren nicht gerade wohlhabend, sie hatten oft Hunger, zumindest großen Appetit. So schlichen sich die Hungrigsten gegen Mitternacht in die Kellerküche, um zu sehen, was es noch an Bratkartoffeln und Fleischresten gab, bevor diese am nächsten Tag in einer dikken Suppe mit Linsen und Erbsen landeten. Ich kannte ihre Gewohnheiten, weil ich die erste Zeit mitten unter ihnen gewohnt hatte. Das hatte nicht zuletzt den Vorteil, daß sie mich mehr als einen der Ihren betrachteten, obwohl ich am Pult stand und in der Examination Hall unter Umständen über eine Karriere entschied, denn Schwächen in Mathematik konnten durch keinerlei Hochleistungen in anderen Fächern ausgeglichen werden.

Ich kam neben einer riesigen Aluminiumpfanne zu stehen und stocherte mit einer Gabel in kalten Resten herum.

»Sorry«, flüsterte jemand neben mir, und ich verspürte einen sanften Stoß an meinem Arm. Ich nahm langes dunkles Haar wahr und eine Mischung aus Minze und Parfum. Ich traute meinen Augen kaum: Es handelte sich tatsächlich um ein Mädchen, was bemerkenswert, ja unglaublich war. Einem ungeschriebenen Gesetz zufolge hatten Studentinnen nichts in den Unterkünften der Studenten zu suchen wie auch umgekehrt. Doch sie war keine meiner Studentinnen, von denen es ohnehin nur drei gab, Übergewichtige aus den Vereinigten Staaten. Ich ließ mit meiner Gabel von einer Bratkartoffel ab, in die einen Augenblick zuvor bereits jemand anders gestochen hatte.

»Ist meine Schuld«, sagte ich mit schwerer Zunge.

»Macht nichts. Ich heiße übrigens Laura«, sagte sie. »Laura Grey. Und Sie sind der berühmte Dany vom Physics Department, nicht wahr?«

Verhaltenes Lachen erhob sich, jemand sagte einen Satz auf gälisch. Auch Laura lachte ungeniert, hell und laut. Sie bemerkte meine Verlegenheit wohl, denn ich hatte zum ersten Mal meinen Spitznamen gehört, den ich mit nichts außer etwas Lächerlichem in Verbindung brachte. Ich warf einen Blick auf das freche Mädchen im Rollkragenpulli – ein helles Gesicht mit vielen Sommersprossen und Augen, die im Halbschatten blau leuchteten.

»Keine Angst, Ihre Studenten mögen Sie sehr. Sie entsprechen so gar nicht dem Image eines Deutschen«, sagte sie. »Ich bin ja auch Österreicher«, sagte ich. »Ach, wie Hitler?«, lachte sie. »Und Sie sind eine Freundin de Valeras?«, sagte ich spöttisch.

Eine kleine Hand schnellte vor ihren Mund. Das überraschte mich – welche irische Studentin wußte schon, daß ihr ehemaliger Präsident dem Führer zum Geburtstag einmal ein Telegramm geschickt hatte. Selbst ich wußte es bloß aus einer Zeitung, die mir vor Jahren zufällig in die Hände geraten war.

»Sorry, war ein dummer Scherz, Dany!«, sagte sie. »Ich habe einen Schluck zuviel getrunken.«

Erst jetzt fiel mir auf, daß sie bestes Deutsch sprach. Ohne den geringsten Akzent. Da meldete jemand, daß ein Pinguin im Anmarsch sei. Das Mädchen ließ die Gabel fallen und verschwand zwischen den abziehenden Studenten, die sich wie zum Schutz um sie gruppierten.

Wenn es nicht gerade Father O'Brian war, der Chef aller Küchen und Mensen, spielte die nächtliche Diebestour keine Rolle. Manchmal suchten sogar die *Afrikaner*, wie die Malaria- und Alkoholkranken bei den Studenten hießen, die Küche auf, weniger auf der Suche nach Essen als nach Guinness und Whiskey, denn die Kellerei befand sich ganz in der Nähe und war auch von der Küche aus erreichbar, ohne Schlüssel, und niemand wußte so genau, ob das eine Sicherheitslücke war oder die heimliche Nachsicht Father O'Brians. Aber ein Mädchen im Männertrakt, das konnte ernsthafte Konsequenzen nach sich ziehen.

Ich stocherte seelenruhig weiter. Mir konnte nichts passieren, ich fiel ohnehin aus dem Rahmen. Als Mann vom Kontinent, als Österreicher, der keiner Religion angehörte, ja sogar gehaltsmäßig. Ich war ein Fremder.

Bald kamen die Studenten zurück, in ihrer Mitte ein großer Mann mit rotem Gesicht. Father Paul, den ich schon ein wenig kannte. Er war auf der Suche nach einem Schluck, ich auf der Suche nach Laura. Aber meine unverhoffte Bekanntschaft war verschwunden. Wie eine Fee.

Die Studenten verabschiedeten sich nach einigen Scherzen. Ich schloß mich dem Pater an, um mit ihm Whiskey zu stehlen.

Nach dem heimlichen Gelage mit Father Paul, einem Mann aus Bayern, der achtunddreißig Jahre im Dienst der *Irish Missionary* den Dogon in Nigeria das Wort Gottes verkündet und angeblich auch ein paar Kinder gezeugt hatte, brach ich im eigenen Wagen nach Blackwood auf.
Ich war privilegiert. Kaum ein junger Dozent besaß ein Auto. Von den Studenten ganz zu schweigen. Die meisten wohnten am Campus, manche in Privatzimmern, oder sie reisten jeden Tag mit einem der grünen Doppeldeckerbusse oder der Bahn an.
Nach Blackwood waren es knapp drei Meilen, zu Fuß aber zu weit, jedenfalls in meinem Zustand. Im Vergleich zum klapprigen Wagen so manches Iren hatte mein gebrauchter wenigstens hinten und vorn ein Nummernschild; die Scheinwerfer leuchteten, wenn auch auf der rechten Seite etwas zu stark, weil mein Wagen eine Linkssteuerung hatte; die Scheibenbremsen funktionierten; die Reifen waren noch griffig.
Ich fuhr langsam wie ein Ire, ich war betrunken. Ich hatte aber schon gehört: So lange man bei einer Straßensperre nicht über seinem Lenkrad zusammenklappte, interessierte sich die blau

uniformierte GARDA ohnehin nicht, wie viel man getrunken hatte – höflich interessiert war sie nur daran, ob man Verdächtiges gesehen hatte, jedenfalls nach einer der wiederkehrenden Bombendrohungen im British Homeshop, einem Großkaufhaus in Dublin, oder nach jedem Anschlag der IRA, den diese meist jenseits der Grenze verübte.

Ich kurvte über eine holprige, finstere Straße mit Steinwällen zu beiden Seiten hinaus in eine Neubausiedlung aus weißen Holzhäusern. Sie sahen alle gleich aus, hatten keinen Keller und keinen Dachboden, aber im Livingroom des Erdgeschosses einen Kamin. Hier lebten vorwiegend kleine und mittlere Angestellte, die in Dublin arbeiteten, im Haus ihrer Eltern keinen Platz fanden oder auch nur ihr eigenes Leben führen wollten. Ich hatte eine einstöckige Haushälfte mieten können, zusammen mit einer jungen Frau als Untermieterin, um die Kosten zu teilen, ohne daß man mich wie nebenbei um eine Heiratsurkunde gebeten hätte. Wir waren Ausländer, für uns galt eine andere Moral. Ich lebte neben Marie Lescaux aus Ajaccio, Lektorin am French Department – »Mademoiselle, nicht Madame!«, wie sie mich gleich beim ersten Treffen mit ihrem durch

eine dicke Brille vergrößerten Kuhblick verbesserte, als wir uns beim Maklerbüro in Claire über den Weg liefen.
Blackwood kam mir verschlafen entgegen, fast unsichtbar. Weit und breit kein erleuchtetes Fenster, außer einem im ersten Stock meiner Haushälfte am Rand der kleinen Siedlung – Licht im Schlafzimmer von Mademoiselle Lescaux, das meinem gegenüberlag. Ich stellte meinen Wagen vor der Auffahrt ab.
Alles dampfte. Eine Herbstnacht mit feinen Nebelschwaden über den Wiesen und einem Himmel, durch dessen Wolken manchmal der Mond schien, wie um sich in Erinnerung zu rufen. Als ich die Tür zusperrte, knackte das Blech. Irgendwo bellten Hunde.
Ich ging leise ins Haus, stieg die knarrende Holztreppe zum ersten Stock hinauf, sah den Lichtspalt neben meiner Tür: Mademoiselle bereitete sich für den Unterricht vor oder auf die Agrégation in Frankreich. Spitze Ohren wie sie hatte, grüßte sie mich durch die geschlossene Tür. Ich entkam der Aufmerksamkeit von Mademoiselle nicht. Ich streifte die Schuhe ab, entkleidete mich bis auf die Unterwäsche und legte mich aufs Bett: Was für eine Tortur!

Die Metallspiralen drückten an vielen Stellen so hart durch den Stoff der Matratze, daß ich stets gemartert wurde, egal in welch gekrümmter Haltung ich zu schlafen versuchte. Und eine neue Matratze wollte ich nicht kaufen, da ich die Absicht hatte, nach Dublin zu ziehen, sobald ich eine erschwingliche Wohnung, ein sogenanntes Flat, ergatterte. Dann knarrten Dielen: Mademoiselle ging auf die Toilette oder ins Bad. Es war wohl das Bad. Und ich verfluchte sie, die kleine dickliche Französin mit den abgebissenen Fingernägeln, die ihr Land als einzigen Hort europäischer Zivilisation betrachtete, von Charlemagne und dem Hof des Sonnenkönigs erzählte und mir sogar die Überlegenheit Frankreichs über Deutschland einzureden versucht hatte, worauf ich nicht ganz ohne Stolz erklärte, daß ich kein Deutscher, sondern Österreicher war, daß sechshundert Jahre Habsburg sich durchaus mit ein paar Valoisern und Bourbonen messen konnten und sie sich daran erinnern sollte, daß unter Karl V. im Reich der Habsburger die Sonne nie unterging, noch bevor Frankreich seine Kolonien zusammengestohlen hatte. Und was die Fünfte Republik betraf, die war im Vergleich zu Deutschland ein Gartenzwerg. Darüber hinaus: In den sogenannten Restaurants saß man furchtbar eng, die Tischdecken waren aus Papier und die ruhmreiche französische Armee besaß weniger Kampfpanzer als die kleine Schweiz. – Bumm! Das traf ins Schwarze! Ich hatte ihren Nationalstolz beleidigt, ausgerechnet ich, der gar nicht so stolz auf Österreich war. Ich wollte mich aber nicht ständig belehren lassen, nur weil mein Französisch noch armseliger war als mein Englisch. Im Suff fragte ich sie einmal, ob ihr neben Molière, Balzac, Camus, Sartre auch Ohm, Kirchhoff, Maxwell, Pauli, Hahn und Planck ein Begriff seien: »Alles ist zwar Sprache und manches Literatur, aber alles ist auch Physik, Chemie … Mademoiselle!«

Das war die große Krise unseres Nebeneinanders in Blackwood gewesen. Gleich in der ersten oder zweiten Woche. Sie tauchte mit einem Lexikon auf, um sich vor dem prasselnden Kaminfeuer die Maxwellschen Gleichungen erklären zu lassen. Das rührte mich. Sie dachte wohl, man könne sie ohne höhere mathematische Kenntnisse verstehen, wie die Handlung eines Dramas. Und ich Esel ließ mich sogar darauf ein, ihr alles so zu erklären, wie man einem aufgeweckten Kind vielleicht das Ohmsche Gesetz oder die Kirchhoff-

schen Regeln verständlich machen konnte, mit rasenden und heißlaufenden Elektronenmännchen auf Autobahnen und ihren Verzweigungen über Brücken und durch Tunnels.
Mademoiselle Marie Lescaux, die kleine Französin aus Ajaccio, das sie im Gegensatz zu mir stets französisch, nicht italienisch aussprach, duschte. Frankreich duschte. Ich stellte mir vor, wie es duschte: Ihr elfenbeinfarbener Körper mit den runden Schultern, dem Ansatz von Brüsten, einem schwarzen Flaum auf den gelblichen Armen, ein Mädchen, vielleicht drei oder vier Jahre jünger als ich, duschte im Strahl einer Plastikbrause, die es nur gab, weil ich die Wasserhähne des Waschbeckens mit zwei Plastikschläuchen verbunden und zu einer Art Brause zusammengefügt hatte. Irische Wasserhähne waren genauso unpraktisch wie englische, so unpraktisch wie der obligate Kamin im Livingroom, dessen Flammenhitze einem das Gesicht versengte, während man am Rücken fror, weswegen fast jedes Haus zusätzlich einen Gasheizer hatte. Frankreich duschte – mit oder ohne Brille? Egal, Mademoiselle traf meinen Geschmack überhaupt nicht, obwohl sie nicht ganz reizlos war. Jedenfalls hatte sie einen gewissen Charme,

den nur Südländerinnen haben. Sie strahlte eine Mischung aus Stolz, Arroganz wie auch Nachgiebigkeit aus. Sie hatte Talent, aus einer Mücke einen Elephanten zu machen, sich aber auch wieder zu versöhnen oder unangenehme Vorfälle wenigstens rasch zu vergessen. Und sie hatte wunderschöne Lippen – groß, breit und kirschrot bemalt, fast schon ordinär, gleichsam ein kleiner Spiegel der anderen Lippen. Warum verfluchte ich sie?!

Gleich zu Anfang unseres Zusammenlebens hatte ich in aller Früh die Badezimmertür geöffnet und Mademoiselle im Slip erblickt, wie sie sich die Brauen mit einer Pinzette zupfte. Ich sah ihre vor Schreck geweiteten Augen im Spiegel, ihre Brustwarzen mit den großen Vorhöfen, das rabenschwarze Haar unter einer Achsel. Das war ein Gezeter, obwohl ich mich sofort entschuldigte und sie bat, die Tür in Zukunft abzusperren, dafür gebe es ja das Schloß: Ob man in *Autriche* stets ohne Anklopfen ein Badezimmer betrete, wollte sie wissen. Noch dazu das einer Mademoiselle, die einen Freund in Ajaccio habe, dem sie versprochen sei. »Ich bin keine Französin, wie sie in Deutschland durch die Köpfe der Männer geistert, Monsieur!«

In ihren Augen hatte ich versucht, mich ihr auf schäbige Weise zu nähern. Schlimmer noch, ich war ein Spanner, ein Lüstling, wenn ich ihr Französisch richtig verstanden hatte. Ich nickte bloß und entschuldigte mich am nächsten Tag mit einer Schachtel Pralinen, die sie gnädig, mit einem warnend erhobenen Zeigefinger entgegennahm, während ihre Zunge genüßlich über den Schmollmund leckte.
Als das Geräusch der Dusche verebbte und die Metallringe des Plastikvorhangs gegeneinanderschlugen, sah ich Mademoiselle mit den ungelenken Bewegungen eines Mädchens, das auf dem Land städtisch und in der Stadt ländlich wirkt, auf der Plastikmatte stehen. Keinen Meter von mir entfernt, aber durch eine tapezierte Holzwand getrennt, frottierte sie sich. Weiß und nackt. Diese Vorstellung hatte etwas Erregendes, ja Grausames an sich: Ich war leichten Herzens nach Irland gefahren, weil ich mich von meiner letzten Freundin, einer Studentin aus Südfrankreich, in gutem Einvernehmen getrennt hatte. Unsere Beziehung war nur mehr Gewohnheit gewesen, und Isabelle hatte sich in einen anderen Mann verliebt. Das alles lag schon ein Jahr zurück, seit damals war ich keine Beziehung mehr

eingegangen, die im Bett geendet hatte. Allmählich wurde ich auf eine merkwürdige Art unruhig: Ich sehnte mich nach dem anderen Geschlecht. Allein schon nach der Aura, die in der Umgebung von Frauen entsteht, wenn man auch nur eine Handbreite näher als üblich neben ihnen steht, wenn man eine unsichtbare Grenze, die in jedem Land verschieden weit von einem selbst entfernt ist, überschreitet. Ich war bereits so weit, daß ich auch einen Händedruck als prickelnden Genuß empfand und ihn manchmal absichtlich um Sekunden verlängerte. Vielleicht wußte Mademoiselle instinktiv, wie es um mich stand. Und vielleicht verfluchte ich sie deshalb, diese kleine pummelige Französin aus Ajaccio mit den Kuhaugen hinter der randlosen, strengen Brille, den abgebissenen Fingernägeln und dem verlockenden Kirschmund, der mich immer an ihr Geschlecht erinnerte.

Ich schlief meinen kleinen Rausch aus. Das war in Irland leicht, denn es gab nichts, was vor neun begann. Ich lebte fernab europäischer, ja gar mitteleuropäischer Barbarei, wo Amtsärzte ab sechs Uhr früh ordinierten, als handelte es sich bei den Staatsbürgern um Rekruten in einer riesigen Kaserne am Rande des Eisernen Vorhangs, hinter dessen Stacheldrahtzäunen und Minenfeldern nur mehr geschlitzte Augen mit rotem Stern auf der Pelzmütze von Wachtürmen aus Fernaufklärung Europa betrieben. Ich war keinen Steinwurf vom Eisernen Vorhang entfernt geboren. Die einfachen Leute sagten mit Blick in Richtung Osten halb scherzhaft, halb ernst: »Da beginnt die asiatische Steppe.« Sogar die Wetterfrösche im Fernsehen sprachen im Sommer oft von heißen Staubwinden aus Zentralasien, deren Ausläufer über die pannonische Tiefebene hereinfegten und das Mittelmeerlicht südlich der Alpen trübten, im Winter von sibirischen Kälteschockwellen oder von russischen Weihnachten. Das Atlantische Tief oder das Hoch über den Azoren, der Golfstrom spielten keine Rolle. Bei uns gab es heiße Sommer und kalte Winter, jedenfalls damals. Wenn es regnete, dann oft tagelang, bis die Flüsse über die Ufer traten und so manchen Landstrich für längere Zeit verwüsteten, unbewohnbar machten. Wenn es zu viel schneite, ging schon einmal eine Lawine ab, die ein ganzes Dorf mit Bombengetöse einfach wegsprengte und eine Spur des Todes hinterließ. Fünf, zehn, zwanzig oder noch mehr Tote innerhalb von Sekunden, das kam immer wieder vor. Sogar dort, wo man es am wenigsten erwartete. Irland hingegen war in meiner Vorstellung eine geheimnisvolle Insel in Wasserfarben, mit viel Regen und freundlichen Menschen in halbdunklen Pubs, wo *folk music* gespielt wurde. Und diese Vorstellung war gar nicht so weit von der Wirklichkeit entfernt. Neu waren für mich die Tamburin- und Flötenklänge, die schweren Silbermünzen, das Knallen genagelter Schuhe, die ich bei einer Vorführung im Tanzsaal des College schon bewundert hatte. Ich war hingerissen, ohne zu erkennen – Mädchen mit steifem Oberkörper, die ihre Beine mit bestechender Präzision auf und nieder und hin- und herschwingen ließen, ferngelenkt wie aus anderen Zeiten, ganz Bein, nie Leib, ganz Ritual, nie lebendige Gegenwart.

Da ich wieder einmal nichts im Kühlschrank hatte und Mademoiselles Vorräte auf keinen Fall anrühren wollte, verließ ich das Haus ohne einen Bissen.

Die Wiesen leuchteten in unvorstellbar vielen Grüntönen – *the forty shades of green* – zwischen mühsam aufgeschichteten Steinmauern,

die Gebäude des neuen Campus ruhten hell unter einem tiefhängenden Himmel. Studenten mit Billardstöcken kamen mir entgegen, auf den Sportplätzen herrschte reger Betrieb. Ich stellte meinen Wagen auf dem Parkplatz ab, nickte dem patrouillierenden Sicherheitsbeamten in seiner braunen Uniform grüßend zu. Dann dem in der verglasten Loge direkt am Eingang. Er hatte einen langen, schier unaussprechlichen Namen, und weil sein Gebiß mich an das eines Pferdes erinnerte, nannte ich ihn heimlich *Pferdegesicht.*
»Hello, it's a lovely day today, isn't it?!« grüßte das Pferdegesicht freundlich.
»O yes indeed, Sir.«
In der Mensa dampfte es, es war fast elf Uhr. Ich frühstückte an einem freien Tisch – eine Tasse gezuckerten Pulverkaffee mit einem Sandwich, zwischen dessen Scheiben ein Blatt Schinken auf Butter mit Senf lag. Eine Variation gab es mit Ei oder Lachs mit Salatblatt. Wenigstens das Frühstück war bei den Fathers opulent und ausgezeichnet gewesen: gebratener Speck mit Spiegelei, gebratene Blutwurstscheiben, kleine Würstchen, dazu Weißbrot mit der unvergleichlichen Kerry-Butter; Marmelade, Cornflakes mit Milch, Tee und Kaffee, Orangensaft.

Deirdre Dwyer, meine Lieblingsstudentin, kam mit einer Mappe unter dem Arm vorbei. Klein und zart und drahtig begrüßte sie mich: »Hello, Dany!« Dabei hielt sie sich eine Hand verschämt vor den Mund.

Es war durchaus üblich, daß sich Studenten und Dozenten mit Vornamen ansprachen, was meist auch zwischen Studenten und Professoren galt. Aber mit den Spitznamen stand es anders.

»Ja, ja, ich weiß«, seufzte ich.

Hätte der Spitzname etwas Böses bezeichnet, hätte Deirdre mich sicher nicht so genannt. Sie schien offenbar längst zu wissen, wo ich mich letzte Nacht herumgetrieben hatte.

»Kennst du eine Studentin namens Laura Grey?«

Sie kicherte verschämt wie ein Mädchen aus einer ländlichen Gegend, das man auf der Straße meist daran erkannte, daß es angesichts der Marienstatuen in manchen Erkerfenstern ein Kreuz schlug. Ich beging wohl ein Sakrileg, indem ich mich privat für eine Studentin interessierte. Aber Laura spukte in meinem Kopf herum. Es war mehr als bloß die Sehnsucht nach einem weiblichen Wesen.

»Laura?« sagte sie mit hochgezogenen Brauen.

Ich sah ihr an, daß sie mehr wußte, als sie verraten wollte.

»Ja, Laura Grey«, sagte ich mit einer gewissen Ungeduld, während ich ihr eine Zigarette anbot. Sie nahm eine, ließ sich von mir Feuer geben, trat von einem gestiefelten Bein aufs andere und sagte mit Blick auf ihre Uhr:

»Laura ist eine Irin.« Und dann, während sie sich auf den spitzen Cowboystiefeln umdrehte: »Sorry, ich muß ins Labor hinüber.« Mir schien, als wolle sie nicht weiter darüber reden. Und weit und breit entdeckte ich niemanden, der in der Diebesnacht dabei gewesen war.

Ich war enttäuscht. Schon kamen zwei Studenten, die sich über ein Problem aus meiner letzten Vorlesung unterhalten wollten. Die Höflichkeit verlangte, daß ich mich darauf einließ. Und zwar immer und überall. Auch im Pub. Nachdem der Punkt halbwegs geklärt war, brachte ich erneut meine Frage an.

»Laura Grey? Hübsch ist sie auch noch? – Eine hübsche Frau studiert bestimmt nicht am Physics Department, Dany«, antwortete ein kleiner fuchshaariger Pickeljunge grinsend, bevor sein Kommilitone mich bat, auf meinen Terminkalender zu sehen. Ich verstand. Er gehörte zu denen, die sich nach dem Ende einer Stunde im Namen der Studenten für den Vortrag bedankten, was mich anfangs verwundert, ja irritiert hatte, weil ich dachte, ich wäre ein so schlechter Dozent, den man auf den Arm nahm, bis mein Chef mir erklärte, daß dies das Gegenteil bedeute.

Ich erhob mich in meinen Jeans, dem weißen Hemd und den Joggingschuhen und grüßte ein paar fortschrittliche angelsächsische Kollegen, die mich in schwarzem Habitus und der Kopfbedeckung mittelalterlicher Gelehrter anlächelten.

Zwei Stunden später betrat ich die Mensa wieder. Es roch nach gebratenem Kohl und Hackfleischlaibchen, nach fritierten Fischstäbchen und dicker Erbsensuppe mit Linsen, nach Kartoffelbrei und Curryreis. Viele Studenten kamen mir mit einem Tablett entgegen, auf dem alles in friedlicher Spannung versammelt lag – der Curryreis neben dem Kartoffelbrei samt einem Schuß Ketchup und Senf. Ich sah mich um: Weit und breit keine Laura Grey. Ich trank einen Kaffee im Stehen. Ich wartete auf Deirdre, die längst vom Labor zurück sein mußte.

Ich hielt Ausschau nach jenen Studenten, mit denen ich in der Nacht die Küche der Geistlichen geplündert hatte: Ich sah keinen einzigen Dieb.
Enttäuscht verließ ich das Gebäude.

Draußen regnete es in Silberfäden, die Apartmenthäuser spiegelten die Sonne unter einem blauen Himmel, als stünden sie in einem anderen Land. Ich hielt neben dem verglasten Portal des Sicherheitsbeamten. Er hatte sein Sprechfenster geöffnet, strahlte mich aus seinem Pferdegesicht an und sagte: »Hello, what a lovely day today, isn't it?!«
Ich öffnete meine Umhängetasche, in der neben meinen Manuskripten auch stets ein Knirps Platz fand. Ich hatte schnell gelernt, daß man sich in Irland ohne Regenschirm nie weiter von seinem Haus entfernen darf als bis zum nächsten schwarzen Müllsack auf der Straße. Ich nahm den Knirps heraus und spannte ihn mit beiden Händen auf. Da hörte ich neben mir eine Stimme:
»Hello Dany! Would you mind accompanying me to my car?«
Ich spürte eine Hand auf meinem linken Arm und bekam einen Hauch von Minze in die Nase.

Die Frau steuert auf meinen Wagen zu, dachte ich erfreut. Dann merkte ich, daß ihrer in der Nähe von meinem stand. Wir kamen bei ihrem an, einem kleinen italienischen Sportwagen, sie stieg rasch ein, bedankte sich mit »Thanks a million, Dany!« und wollte starten. Ich stand neben ihr und dachte, wie unverschämt freundlich und doch unverbindlich sie war. Ich wartete, als wüßte ich, daß ihr Wagen nicht starten würde – ich hatte vor einer Weile den gleichen gefahren, und ein Italiener jener Zeit hatte im feuchten Klima so seine Probleme. Schließlich startete der Motor einmal kurz durch, starb ab, spuckte ein paarmal, soff ab.

Sie kurbelte das Fenster herunter. Jetzt erst begriff ich, warum ich sie nicht gleich erkannt hatte – hochgestecktes Haar, eine Perlenkette um den Hals, grünes Kostüm. Eine elegante Frau, ganz Lady. Wahrscheinlich ein bißchen älter als ich. Sie betrachtete mich wohl als netten jungen Mann. Mehr nicht.

Sie biß sich auf die dezent geschminkten Lippen, zeigte ihre regelmäßigen Zähne, schlug mit einer Hand auf das Lenkrad und rief verzweifelt: »O fucking Jesus! Was soll ich jetzt bloß machen, Dany?!«

Dieser Fluch ließ mich zusammenzucken. Ich hatte ihn schon öfters gehört. Auch von Leuten, aus deren Mund ich ihn nicht erwartet hätte.
»Ich fahr dich nach Hause«, sagte ich erfreut.
Sie lachte, als hätte ich einen unanständigen Witz gemacht, bei dem man nur lacht, um den anderen nicht zu kränken. Dann atmete sie tief ein, lehnte ihr Gesicht zum Fenster heraus und sagte mit nachsichtigem Blick:
»Ich schlage vor, du bringst mich zur Playing School. Meine Tochter wartet schon auf mich. Dort rufe ich die Autowerkstätte an.«
Ich fuhr mit meinem Wagen neben ihren. Laura ließ sich, kichernd darüber, daß sie wohl auf der falschen Seite Platz nehmen müsse, auf den rechten Sitz nieder und trocknete sich das Gesicht mit einem Taschentuch ab.
Sie bot mir ein Minzbonbon an. Dann wies sie mir den Weg zum alten Campus, wo es am Haupteingang eine Schranke gab und wieder einen uniformierten Sicherheitsbeamten, mit dem sie kurz auf gälisch sprach, weil ich keine Parkgenehmigung für dieses Areal am Fenster kleben hatte.
Schließlich hielt ich auf einem unasphaltierten Platz gegenüber der Kirche, wo sich neben

einem hohen Baum ein flacher, kleiner Neubau mit Glasfront vor einer dichten Baumgruppe erstreckte.
Ein dunkelhaariges Mädchen, vielleicht drei Jahre alt, drückte ihr Gesicht gegen das Glas und winkte aufgeregt, als es Laura aussteigen sah.
»Wie wäre es mit einem Kaffee und einem Doughnut?« rief ich Laura nach.
»Thanks a million, Dany!«, erwiderte sie. Und bevor ich mitbekam, daß unsere Bekanntschaft vorläufig zu Ende war, sah ich eine schlanke Gestalt mit schmaler Taille, gut proportioniert, eine Mappe auf dem Kopf, die paar Meter zum Eingang stöckeln. Wir waren zwei Fremde.
Ich wartete. Bald verschwamm das Gesicht des kleinen Mädchens, der Regen prasselte stärker auf das Dach und nadelte den Erdboden, auf dem sich große Lachen bildeten. Ich kam mir dumm vor, ja betrogen. Ich war nahe daran, die Hupe zu drücken. So schön und interessant, wie du dir einbildest, bist du auch wieder nicht! dachte ich, wohl um die Abfuhr leichter zu ertragen. Ich wendete den Wagen, hielt und kurbelte das Fenster einen Spalt herunter: Wo das Kind seine Nase plattgedrückt hatte, erschien erst das Gesicht Lauras, dann das ihrer Tochter.

Auch das mit dunklem Haar und Sommersprossen. Die Tochter winkte mir zu. Dann auch die Mutter. Ich empfand plötzlich eine ungeheure Freude.
Laura Grey sah ich eine Weile nicht mehr. Aber aus dem Kopf ging sie mir nicht.

Die Wochenenden in Claire waren lähmend. Wer nicht Soccer oder Curling oder Tennis spielte oder seine Zeit mit Darts und Billard oder Snooker in den Pubs totschlagen wollte, während im Fernseher stundenlang eine Sendung mit dem aufregenden Titel *The Shepherd and His Dog* lief, flüchtete nach Dublin. Mit der Eisenbahn, dem grünen Doppeldeckerbus, mit dem eigenen Wagen, per Autostop.
Auch Dublin mit seinen patinagrünen Kuppeln auf so manchem alten Gebäude entlang der Liffey war nur ein großes Dorf – das Abbey Theater die halbe Saison zu, weil es mit Geldproblemen kämpfte, die meisten Restaurants bescheiden und teuer, die Öffnungszeiten alles andere als verlockend, jedenfalls für einen Kontinentaleuropäer. Sogar der Kaffee im berühmten Bewley's Oriental Coffee Shop, wo freundlicherweise Schilder mit der Aufschrift BEWARE

OF THIEVES! hingen, war nichts als bitteres, braunes Wasser. Wo man einen echten italienischen Espresso oder gar einen Capuccino bekam, das war fast so geheim wie jene Tankstellen, an denen unter der Hand der PLAYBOY verkauft wurde, wie meine Studenten witzelten.

Samstags konnte man noch die Buchhandlungen aufsuchen, die sehr heimelig waren – ächzende Holzregale, freundliche Angestellte mit einem Sammelsurium von allen möglichen Büchern. Das Knarren der Holztreppen, die Messingklinken, die Buchhändler, der seltsame Muff erinnerten mich an die alten Buchhandlungen meiner Jugend wie die vielen alten, klapprigen Autos auf den Straßen. Nur: Wer beispielsweise nach einem Henry Miller, einer Anaïs Nin oder auch gewissen Büchern von James Joyce suchte, erntete ein bedauerndes Lächeln. Sie waren nicht verboten, sie waren bloß nirgends zu finden, außer man bestellte sie eigens aus London. Für so manchen Studenten war es bereits eine Mutprobe, das British Homeshop in der O'Connell Street aufzusuchen, wo im Parterre deutsche Illustrierte auslagen, von deren Cover barbusige Schönheiten in hauchdünnem Slip, der die Form des Schamdreiecks erahnen ließ, ihn mit einem

Finger im Mund anlächelten. Hätten meine Studenten mich nicht gleich ins Herz geschlossen, ich hätte vieles nicht so schnell mitbekommen. Sie hörten die Hits *Red Red Wine* und *Susana*, sie fuhren mit dem 13A nach Sandymount an den Strand, nachdem ich sie am College Green, im Zentrum Dublins abgesetzt hatte, oder nach Bray oder in die Wicklow Mountains. Die meisten waren sehr sportlich, während ich gerade einmal Tennis spielte. Einer meiner Studenten sagte mir, das wahre Irland lerne man nicht in den von uns Europäern so geschätzten Pubs kennen. Als ich ihn fragte, wo dann, lächelte er und zeigte mir den Badestrand in der Nähe des James Joyce Tower: Dort gab es eine weit in die Irische See reichende schwimmende Absperrung – eine Meereshälfte war für GENTLEMEN, die andere für LADIES, deutlich beschriftet. In meiner österreichischen Provinzhauptstadt lagen viele Mädchen oben ohne in den Freibädern, ja auch im Stadtpark, wenn nicht überhaupt ohne Slip, um sich lückenlos bräunen zu lassen. Mir dämmerte, warum es die Künstler von der Grünen Insel weg ins Ausland zog, weg von einem Felsen am Rande des Atlantiks, obwohl sie dort keinen Penny Steuer zahlen mußten.

Trotzdem fuhr ich gern nach Dublin. Oft mit Studenten, manchmal mit einem Kollegen eines anderen Departments, denn irgendwo mußte ich auch meine Kleidung waschen. In meinem Haus gab es keine Waschmaschine. Die *Holy Sisters* auf dem alten Campus wuschen und bügelten sogar männliche Unterhosen, doch das war teuer – der Gewinn ging an die *Irish Missionary*, deren Blechbüchsen in jedem Laden, in jedem Amt, in jedem Pub standen.

Am dritten langweiligen Wochenende nach der Begegnung mit Laura nahm ich Jannavy Nehru im Wagen mit. Jannavy, Tochter einer sudetendeutschen Mutter in Berlin und eines indischen Vaters in London unterrichtete am German Department. Groß und braun und schlank und mit Rasta-Zöpfchen war sie eine beeindruckende, grazile Erscheinung. Sehr freundlich, sehr belesen, charmant. Sie lebte seit fünf Jahren in Irland. Zu meinem Pech hatte sie einen festen Freund am Trinity College in Dublin.
Wir unterhielten uns über alles mögliche, bis wir schließlich in die South Circular Road einbogen, eine Ringstraße mit roten Backsteinhäusern voller Erkerfenster und bunten Türen mit Messing-

klopfern, schwarzen Müllsäcken auf den Gehsteigen und manchmal einer Stechpalme, auf der die Tropfen des letzten Schauers funkelten. Ich sprach sie auf Laura an.

»Was, die kennst du nicht?«

Sie war so verblüfft, als hätte ich behauptet, die englische Königin nicht zu kennen.

»Was ist so Besonderes an ihr?«

Jannavy wurde plötzlich rot. Sie war eine sanfte junge Frau ungefähr in meinem Alter und sagte leise: »Sie hat ein Kind.«

Ich nickte. Da ich nicht weiter darauf reagierte, setzte sie hinzu, daß Laura nicht mehr mit ihrem Ehemann zusammenlebe, worauf ich meinte, daß es dann vielleicht angebracht wäre, sich scheiden zu lassen.

»In Irland kann nur der Tod scheiden, Dany.«

Ich lachte. »Dein Humor hat zweifellos einen britischen Beigeschmack, Jannavy.«

Ich wußte, daß es weder Kondome noch die Pille zu kaufen gab und Abtreibungen verboten waren, weswegen man in fast jeder Zeitung am Wochenende von mindestens einer Tragödie lesen konnte – *Selbstmord einer jungen Schwangeren! Tod einer Minderjährigen bei Engelmacherin! Abtreibungstourismus nach London und Belfast!* Dazwischen die Fotos und Stellungnahmen von Priestern, Bischöfen, Erzbischöfen und Kardinälen mit so harten Gesichtern wie die Grabsteine auf den Friedhöfen, wo nur Krähen und Raben sich wohlfühlen. Daß es auch keine Scheidung gab, das wußte ich nicht.

»Irland ist nicht Europa, Dany.«

Ich fragte mich plötzlich, wie sie, die doch einige Jahre in Westberlin zur Schule gegangen war, es hier aushielt. Ja, sie hatte einen festen Freund, zu zweit war alles erträglicher. Jannavy hatte sich arrangiert, sie verteidigte Irland und seine freundlichen Einwohner. Gleich nach meiner Ankunft verteilten anglikanische Studenten einen Karton Pariser vor dem Eingang des Trinity College und wurden daraufhin von der Polizei verhaftet. Was sagte Jannavy dazu? »So was kann man doch nicht machen!« – Und ich dachte, sie meine die Polizei.

»Ich will ja nicht gleich heiraten, Jannavy.«

»Eben.«

»Wie bitte?«

»Laura ist meine Freundin.«

»Dann kannst du mir ja ein bißchen helfen.«

»Kuppelei ist hier strafbar.«

»Ich will Laura bloß näher kennenlernen«, sagte ich.
»Hier ticken die Uhren anders, Dany.«
Wir hielten an einer Ampel, obwohl ich Grün und die Fußgänger Rot hatten. Die Fußgänger überquerten die South Circular Road zu Dutzenden. Wer da hupte, verriet sich gleich als Ausländer. Das wenigstens hatte ich schon begriffen: abwarten, ruhig bleiben, höchstens mit den Fingern auf das Lenkrad trommeln.
»Und was soll ich dann tun, Jannavy?«
»Du bist ja kein Tier. Oder?«
Ich lachte bitter und hupte. Die Fußgänger kannten keine Gnade.
»Ein Tier hat es hier viel leichter als ein Mann.«
»Es geht dir wohl auch nur um das Eine.«
»Ein Kuß wäre für mich bereits das halbe Himmelreich.«
Jannavy schwieg eine Weile und bat mich dann, sie an der nächsten Kreuzung aus dem Wagen zu lassen, sie müsse zu ihrer Bank. Ich hielt und sie seufzte:
»Wenn du schon mußt, dann sieh dich einmal am St. Stephen's Green um.«
»Was soll dort sein?«
Sie küßte mich auf die Wange.

»Dort siehst du manchmal irische Männer mit dem gleichen Problem. Tschüs, Dany!«
»Wer ist Laura Grey?« rief ich ihr hinterher.
»Sie unterrichtet am English Department«, hörte ich noch.
Ich kurvte weiter und bog in die Camden Street zu meiner Wäscherei ab, in deren Nähe sich neben einigen Fischständen ein indischer 24-Hour-Shop befand. Dort gab es die beste irische Küche zu günstigen Preisen: Ich hatte Appetit auf ein blutrotes Tandoori-Chicken mit süßem Mandelreis und scharfem Mungo-Chutney.

Noch am selben Abend empfing mich Mademoiselle Marie Lescaux mit einer selbstgemachten Torte im Kreis einiger ihrer Studentinnen. Sie grüßten mich höflich.
»They are very nice«, sagte Mademoiselle.
Ich konnte nicht umhin, mich vom prasselnden Kaminfeuer bescheinen zu lassen und ein paar feuchte, kalte Hände von sehr ländlich wirkenden Mädchen zu schütteln, für die ein Lippenstift oder rot lackierte Fingernägel schon Sünde waren. Am meisten irritierten mich ihre Frisuren – wie von Bügeleisen verbrannte Dauerwellen, die Haarspitzen gebrochen. Ich dachte

an die Mädchen in meiner Heimat und den angrenzenden Ländern Italien und Jugoslawien und Ungarn, wo sich niemand Margaret Thatcher zum Vorbild nahm.

Mit dem Hinweis, ich hätte Kopfweh, was Mademoiselle zu einem erhobenen Zeigefinger veranlaßte, entschuldigte ich mich bald und ging die knarrende Holztreppe hoch in mein Zimmer: Hier war alles genauso scheußlich tapeziert wie unten, nur daß mein Kamin eine Attrappe mit elektrischer Beleuchtung war.

Ich griff nach dem Kalendarium des ehrwürdigen Bentham College, eine Art Vorlesungsverzeichnis mit sämtlichen Daten, von den Namen der Lehrenden bis zu den Studenten samt Herkunftsland. Unter dem English Department fand ich sie tatsächlich:

*Laura Grey, M. A., Lecturer, born 1951, Buncrana, Donegal, Eire.*

Ich atmete auf, als hätte der Umstand, daß ich ihren Namen gefunden hatte, mein Problem schon gelöst.

## II

Immerhin, Ende Januar, als alles blühte wie in Zentraleuropa erst Wochen später, wußte ich, wie Laura Grey küßte:
Sie fühlte sich gar nicht so steif an, wie ich mir immer vorgestellt hatte, wenn sie mit ihrem straff gekämmten Pferdeschwanz, meist mit einer Perlenkette um den Hals, mit farblos lackierten Nägeln in die Studentenmensa gestöckelt kam. Ich hatte das Gefühl, daß sie aufblühte. Ich jedenfalls war aufgeblüht.
Anfangs hatte sie nichts mit mir zu tun haben wollen, was über eine Tasse schalen Kaffees in der Mensa hinausging – obwohl ich ihr nicht unsympathisch war, wie sie zugab. Anfangs versuchte sie sogar, mir aus dem Weg zu gehen: Nach einer längeren Pause, in der sie für mich unauffindbar gewesen war, sah ich sie mit ihrer Tochter zwei Mal beim Lunch, als ich mich gerade auf dem Weg zu einer Vorlesung befand. Die beiden winkten mir zu, wir wechselten einige Worte, ich merkte mir die Zeit der unerwarteten Begegnungen.

Als ich eine Woche später, jedes Mal ein paar Minuten früher, in der Mensa erschien, tauchte Laura nicht mehr auf, als habe sie meine Taktik durchschaut. Sogar in ihrem Büro war sie nicht anzutreffen.
Kurz vor Weihnachten jedoch hatte sie erneut Probleme mit ihrem Wagen. Ich kam gerade auf den Parkplatz, tatsächlich zufällig, falls der Zufall nicht der unendliche Spielraum Gottes ist. Die Sonne war unsichtbar, aber die Wolken über uns hatten gleißende Ränder, von denen das Licht fächerartig ausstrahlte. In Claire unten goß es in Strömen.
»Hello Dany, warum streikt der Motor schon wieder?« stieß Laura verzweifelt aus. Ich lächelte. »Weil dein Lenkrad auf der falschen Seite ist.« Sie lachte.
Ein Handy hätte mich wohl überflüssig gemacht, das gab es damals noch nicht. So stieg sie in meinen Wagen, fütterte mich mit einem Minzbonbon und ließ sich zur Werkstätte fahren, um dem Mechaniker vom letzten Mal die Leviten zu lesen. Dann bat sie mich, sie zur Playing School zu fahren.
Auf der Fahrt schaltete ich oft, um ihren Schenkel zu streifen. Aber nicht zu oft. Selbstver-

ständlich entschuldigte ich mich. Laura kicherte bald ungeniert. Ich hatte kein schlechtes Gewissen. Es war ein plumper Trick, aber auch ein kleines Ritual, das Ritual hilft einem über gewisse Hürden hinweg. Mein eigentlicher Trick war ein ganz anderer. Weil der Sicherheitsbeamte weder an der Schranke stand, noch in seiner Kabine hockte, ich aber anhalten mußte, sah ich meine Begleitung an und sagte in das heftiger werdende Trommeln des Regens:

»Ich würde dich liebend gern küssen, Laura.«

Sie lachte amüsiert auf. Sie meinte, ich wäre nicht ganz dicht. Ich lachte ebenfalls und sagte, daß Irland sich Europa anpassen solle, nicht umgekehrt. Wohl irritiert von so viel Unverschämtheit starrte sie mich plötzlich mit halb offenem Mund an. Ich packte sie blitzschnell am Ansatz ihres Pferdeschwanzes und drückte meine Lippen auf ihre. Zu meiner Überraschung fand ich ihre Zunge schnell, atmete ihren warmen Minzeduft in Schüben ein. »O God!« stieß sie bald nach Luft schnappend aus, während sie sich mit den Füßen gegen den Boden stemmte und der Regen als gnädiger Vorhang die Scheiben herunterfloß.

Kaum daß sie sich meiner Umarmung entwunden hatte, klopfte es. Sie funkelte mich an. Mir

war schwindlig vor Glück. Ich sah die zugeknöpfte Uniformjacke des Sicherheitsbeamten, dann den Umriß des Pferdegesichts mit der Tellerkappe.
»Hello Laura, hello Dany! Such a mess! Isn't it?«
Ich stieg auf das Gas, Laura stieß mir in die Seite. Sie verstand das Pferdegesicht wohl anders als ich. Ich beruhigte sie. Das Pferdegesicht hatte unmöglich etwas sehen können, weil die Scheiben angelaufen waren. Außerdem war er von der Seite an den Wagen herangetreten. Laura schmollte.
Ihre Tochter spähte schon wieder sehnsüchtig nach der Mutter und winkte diesmal auch mir zu. Mich erstaunte, wie gut das Gedächtnis der Kleinen war. Ich glaubte nicht, daß Laura ihr viel von mir erzählt hatte, dazu gab es keinen Grund. Schon gar nicht in Irland. Vielleicht hatte sie auch bloß meinen Wagen wiedererkannt.
Diesmal ging ich mit Laura mit in die Playing School, als wäre es selbstverständlich – vielleicht bemerkte sie auch nur zu spät, daß ich ihr folgte. An der Tür, wo die Kleine an der Hand der Betreuerin erschien, beeilte sich Laura, mich als Kollegen vorzustellen, bevor sie Sally in die Arme nahm, küßte und ihr »Hello, Sally-sweety-

pie!« ins Ohr murmelte. Dann stellte sie mich sogar der Kleinen vor.
Sally versteckte ihr Köpfchen immer wieder hinter der Hand der Mutter, während sie mich schüchtern, aber neugierig mit den blauen Augen ihrer Mutter anlächelte.

Bald waren wir die besten Freunde. Sally und ich. »Dany, Dany, Dany!« rief sie, wenn ich ihr in der Mensa über den Weg lief. Sie rutschte vom Sessel, lief zu mir und küßte mich über das ganze Gesicht. Ich mußte ein Taschentuch ziehen, denn sie leckte mich glatt ab, ja kündigte das sogar voll schelmischer Freude an. »I'll lick you!« Das drohte sie auch so mancher Studentin an, die zeitweise auf sie aufpaßte. Die Umstehenden lachten und die Kleine auch. Ach, warum war Laura mit ihren Zärtlichkeiten so geizig!
Laura war in meinen Armen zwar biegsam, doch stets hin- und hergerissen zwischen Hingabe und Zurückhaltung. Wenn ich sie in ihrem Büro bedrängte, durch dessen Fenster uns nur die Kühe einer angrenzenden Weide zusehen konnten, behielt sie ängstlich die Tür im Auge. Klopfte es, schob sie mich sofort von sich weg, brachte ihr Haar mit einigen Handgriffen in Ordnung,

die Bluse, den Rock. Ich wischte mir den Lippenstift mit einem Taschentuch ab und drehte mich nicht um. Sie sagte laut einen Satz auf englisch, bevor sie zur Tür rief: »Come in, please!«

Meist klopfte eine Studentin, die nur ihren Kopf hereinsteckte und erschrocken sagte: »Sorry. I didn't want to disturb you.« Laura lachte errötend, bevor sie sich auf die Lippen biß, als wäre sie beim Ehebruch ertappt worden.

Mir schien, sie machte sich zu viele Sorgen. Doch wenn ich sie darauf ansprach, schüttelte sie energisch den Kopf. Ich wollte nicht widersprechen – zudem hatte ich vor kurzem ein Formular unterschrieben, das meinen Vertrag am College um ein Jahr verlängerte.

Außerhalb ihres Büros war alles noch schwieriger: Sie hielt mich meist auf Abstand. Auf Ellbogenabstand. Das tat weh. Sehr weh. Ich hatte wohl angefangen, sie zu lieben. Ich war längst so weit, daß ich mich nicht mehr von Plakatschönheiten blenden ließ. Laura war hübsch, aber die vielen Sommersprossen im Gesicht haßte sie, vor allem im Sommer, wenn die Sonne sie regelrecht zum Erblühen brachte, wie sie sagte. Mich störten die Sommersprossen nicht. Laura hatte für mich bereits eine Gestalt angenommen, die vom Gesamteindruck lebte: ihr Lachen, wenn sie einen Whiskey zu viel getrunken hatte und mich bat, sie zu ihrem kleinen Sportwagen zum College hochzufahren; ihre Konzentration, wenn sie im Büro ihre Lesebrille aufsetzte und die Arbeiten der Studenten korrigierte; die Leuchtkraft ihrer Augen; ihr stolzer Gang in einem entfernten Pub, wenn sie mit ihrem Handtäschchen von der Toilette kam; ihr Husten nach einem Lungenzug, weil sie selten rauchte. Oder ihre besorgte Miene nach dem Austausch von Zärtlichkeiten – sie zog schnell ein Tempotaschentuch, befeuchtete es mit der Zunge und wischte mir ihren rosa Lippenstift aus dem Gesicht.

Meine Tage wurden immer erfüllter von Laura, ihrer Stimme, ihrem Lachen, ihrem Gang. In den Nächten dachte ich nur mehr an Laura. An ihre sich endlich weiter vorwagenden Hände im Schutz dünner Decken, die Berührung ihrer lockenden Brüste, den Gegendruck ihrer Alabasterschenkel. In meiner Phantasie wühlte ich mich bereits so heftig in den dunklen keltischen Busch, daß meine Träume mir wie aus Erbarmen folgten, bevor sie mich überholten und alles so wunderbar weitersponnen, was die irischen Tage mir ängstlich verweigerten … ach Laura!

Die einzigen, die zu dieser Zeit zu ahnen schienen, wie es um mich stand, waren meine beiden Kollegen, der froschäugige Mr. Poolbridge und sein Intimus Mr. Howy, von deren Beziehung jeder wußte, worüber aber niemand ein Wort verlor.

Eines Tages wurde ich von Mr. Poolbridge vor meinem Büro erwartet, um eine Stundenplanänderung zu besprechen. Ich machte Filterkaffee, und da er nicht rauchte und ich keine Kekse anzubieten hatte, bot ich ihm Bonbons an. Er nahm eins, wickelte es aus dem Staniolpapier und sagte mit einem sanften Lächeln, wie es wohl nur Briten einer bestimmten Klasse vermögen:

»Great. Laura's taste, isn't it?«

Ich spürte, wie ich rot wurde. Es war ein Minzbonbon aus einer Packung, die ich mir im Supermarkt ganz nebenbei gekauft hatte. Im großen Supermarkt am Ortseingang von Claire, wo im Winter Blut auf meinen hellen Anorak tropfte, weil frisch geschlachtete Truthähne von der Decke hingen.

Bevor Mr. Poolbridge ging, klopfte er mir verschwörerisch auf die Schulter und lächelte mich mit seinen breiten, fast weiblichen Lippen an, was ich unangenehm fand. Mir schien, als wolle

er andeuten, daß Irland ein großes Schiff voller Seemänner war.
Es war die einzige Anspielung, die mein britischer Kollege jemals machen sollte.

Eines Tages bat Laura mich, zu ihrer Tochter vorauszufahren und vor der Playing School zu warten, weil sie sich verspäten würde. Sie werde die Playing School informieren.
Sally wartete nicht, sie kam zu mir herausgelaufen und fiel mir um den Hals: »Dany, Dany, Dany!«
Sie leckte mir wieder einmal kichernd die Wangen ab. Sie fuhr mit ihrer kleinen Hand und den kurzgeschnittenen Fingernägeln, die mit rotem Filzstift bemalt waren, über meine dunklen Bartstoppeln, die sie faszinierten, weil Mama doch keine hatte. Sie hüpfte auf und nieder und bat mich, ihr die Nase zu putzen. Dann mußte ich mit ihr Himmel und Hölle spielen, Ringelreihen tanzen und Schnur ohne Schnur springen. Am Ende keuchte sie: »Do a piggy-back. Please, do a piggy-back. Dany-Daddy!« Nachdem ich begriffen hatte, daß ich sie auf den Rücken nehmen und mit ihr im Kreis hüpfen sollte, machte ich auch das. Die Raben krächzten in den Baum-

kronen, Laura kam und kam nicht. Ich war ins Schwitzen geraten.
Als auch Sally endlich müde war, schlug sie vor, in ihr Lieblingslokal zu gehen, um Quiche Lorraine zu essen und Limonade zu trinken. Ich sah auf die Uhr, nahm die Kleine an die Hand und wollte mit der Leiterin der Playing School sprechen. Die hatte sich aber von einer Studentin vertreten lassen. Ich versuchte Laura anzurufen. In ihrem Büro meldete sich niemand. Sally riß mich ungeduldig an der Hand und wollte in ihr Lokal, bis ich die Studentin fragte, welches wohl gemeint sein könnte. Sie kannte es natürlich, es lag vor der schmiedeeisernen Toreinfahrt zum alten Campus, an einer Kurve der Mainstreet auf der Straße nach Tullamore.
Als ich mit Sally Hand in Hand ins Freie ging, zerrte sie mich zu meinem Wagen. Sie wollte die paar hundert Meter unbedingt in meinem Wagen fahren, weil sie ihn für ein lustiges Auto hielt. Wegen der Linkssteuerung. Ich erfüllte ihren Wunsch und parkte dann am Straßenrand.
Wir stiegen aus. Da tauchte ein Setter auf und beschnupperte sie. Ich hörte einen Schrei: »Help Dany – he will eat me!« Und dann erstickend: »Help, Dany; help, Daddy! Dany-Daddy. Daddy!«

Als ich um den Wagen gelaufen kam, ließ der Setter von ihr ab. Sally war ein kleines Bündel aus Angst, ich nahm sie in die Arme und sagte: »No, no, Sally! The dog tried to kiss you!« Ich strich ihr über das dunkle Haar, ich drückte sie an mich, ich klopfte ihren Rücken, damit sie wieder Luft bekam. Sie klammerte sich an mich wie ein Äffchen und wollte mich nicht mehr loslassen. Sie schluchzte und weinte sich die Seele aus dem kleinen Leib, bis ich sie endlich mit Bonbons beruhigen konnte.

Wir betraten das schlauchartige Kellerlokal. Sally zog mich jedoch in eine halbdunkle Ecke und kuschelte sich an mich, als fürchte sie, der Hund könne wieder auftauchen und sie zu fressen versuchen. Wir waren die einzigen Gäste. Bald kam eine Frau mittleren Alters. Sie sah mich mißtrauisch an, dann Sally, die ihr Gesicht hinter meinem Rücken versteckte. Sie erkundigte sich nach meinen Wünschen. Ich fragte Sally, was sie essen wolle. Die Frau redete die Kleine mit ihrem Namen an und sagte einen Satz auf gälisch. Sally schüttelte den Kopf und fing plötzlich zu weinen an. Als ich sie streicheln wollte, zuckte sie zurück. Die Frau verschwand mit eisiger Miene. Dann hörte ich das feine Klicken einer Telephonwählscheibe. Ich hatte plötzlich das Gefühl, daß ich mich in einer gefährlichen Lage befand, obwohl ich nichts verbrochen hatte. Ich überlegte, ob ich nicht aufstehen und gehen sollte. Mein schlechtes Englisch hatte mich längst als Ausländer verraten, unterwegs mit einem irischen Kind, das geweint hatte. Und wenn Iren etwas heilig ist, dann sind es Kinder. Kinder durften all das, wofür ein Zentraleuropäer sie längst verprügelt hätte, Kinder waren kleine Könige und Königinnen, im Pub, im Supermarkt, auf einem Amt, in der Kirche. Einfach überall.

Als eine kleine feuchte Hand meine fand, ich den hilfesuchenden Druck spürte und den Kopf an meinem Bauch, beschloß ich zu bleiben. Ich streichelte Sallys nasse, heiße Wange, ich streichelte eine Ohrmuschel, ich kitzelte sie am Bauch. Sie kicherte endlich und versuchte mich auch zu kitzeln. Bald lachten wir vergnügt. Die mißtrauische Frau hatte ich längst vergessen.

Bald hörte ich Absätze über eine Holztreppe klappern. Ich sah erst vertraute Schuhe, vertraute Beine, schließlich ein vertrautes Kleid in dem dunklen Viereck der Kellertür auftauchen.

»Dany-Daddy-Daddy!« rief Sally, während sie mich wie eine Trophäe umarmte und ihre Wange fest gegen die meine drückte.
Laura stöckelte zu uns an den Tisch. Ihre Augen funkelten mich in einer Mischung aus Zorn, Verzweiflung und Rührung an. Ihr Gesicht war blaß.

Ich wußte nichts über Lauras Ehemann, außer daß er für eine Reederei arbeitete und viel reiste. Ich stellte mir ihn seltsamerweise als sanften Mann vor, nur wenige Jahre älter als Laura, mit einer Schwäche für das Asketentum, sehr freundlich, sprachgewandt, doch manchmal jähzornig, sich seiner Gefühle nie sicher, was ihn vielleicht zu Alkoholexzessen verführte. Wahrscheinlich sprach er oft stundenlang kein Wort.
Laura lebte getrennt von ihm, Sally schien er nicht sonderlich zu fehlen. Sie war in mich vernarrt, liebte mich mit der unschuldigen Hingabe einer bald Vierjährigen. Wenn sie mich, an der Hand einer von Lauras Studentinnen, in der Mensa erblickte, riß sie sich sofort los und stürmte begeistert auf mich zu. Und als ich einmal einen Fotoapparat bei mir hatte, posierte sie wie eine Prinzessin, ganz im Gegensatz zu ihrer Mutter, die sich nie fotografieren ließ.

Sogar auf die Toilette wollte Sally mich begleiten. Als ich ihr erklärte, daß Gentlemen und Ladies verschiedene Toiletten benützen, erfand sie das Toilettenspiel: Auf- und niederhüpfend versuchte sie, mich auf die Damentoilette zu zerren, weil sie unbedingt Pipi machen mußte, aber nicht allein, weil sie doch so klein sei, wie sie ernst erklärte.
Einmal ließ ich mich während eines Besuchs in Lauras Büro tatsächlich von ihr in die Damentoilette zerren, nicht ohne mich zu vergewissern, daß die Luft rein war. Ich schickte Sally allein in die Kabine und hoffte inständig, daß keine Frau auftauchte. Sally schloß sich ein, wie ich ihr geraten hatte, ich ging nervös auf und ab, eine kleine Ewigkeit. Endlich rauschte die Spülung, ich atmete auf. Sally kam grinsend heraus, ergriff meine Hand, schleppte mich zu einem Waschbecken. Ich wollte rasch aus der Toilette, aber sie wehrte sich und bestand auf dem Händewaschen, und damit sie nicht zu kreischen begann, gab ich nach: Linke Hand, rechte Hand, Warm- und Kaltwasser aus verschiedenen Hähnen, flüssige Seife, abspülen, mit Papier abtrocknen. Wieder eine Ewigkeit.

Als ich die Tür aufstieß, blickte ich in das Gesicht einer älteren Frau, wohl einer Professorin. »Dear Sir, this is for Ladies!«, sagte sie empört und jedes Wort mit Nachdruck betonend. Ich hielt Sallys Hand hoch und stotterte mit Feuer im Gesicht: »O yes indeed, Madam. I am very sorry.« Sally erwiderte unter Einsatz ihrer vollen Stimme, beleidigt und zornig kreischend: »I am a young fine Lady, Mama told me!«
Kaum daß wir aus der Toilette waren, zog Sally mich an der Hand zurück, stellte sich mit ihren Schuhen auf meine Schuhe, umarmte meine Beine und jammerte zu mir hochsehend: »I really must do pee-pee, Dany-Daddy. Please!«

Laura bekam Vorfälle dieser Art nur am Rand mit. Aber daß ihre Tochter mich nicht mehr als Dany, sondern als Dany-Daddy oder als Daddy ansprach, trieb ihr mehr als einmal die Schamröte ins Gesicht. Sie korrigierte ihre Tochter stets, was ich ihr nicht übelnahm. Verabschiedete sich Sally von mir, flüsterte sie mir wie zum Protest ins Ohr: »Daddy, Daddy!«
Ich überraschte Laura, sooft ich konnte in ihrem Büro, wohl dem einzigen Ort, an dem ich den Vorgeschmack der Erfüllung auskosten durfte,

hatte jedoch bald das unangenehme Gefühl, daß sie noch vorsichtiger wurde, je näher mir ihre Tochter kam: Waren wir vor kurzem, in einer Art Mutprobe, noch Schulter an Schulter, sogar mit flüchtigen Berührungen unserer Hände, durch so manchen leeren Flur auf dem College spaziert, wurde ihr auch das nun zu gefährlich. Daß sie mich in Claire auf Ellbogenabstand zu halten versuchte, konnte ich verstehen. Ich dachte: Das Bentham College mit seinen Pinguinen und Studenten ist eine Welt, Dublin mit seinen grünen Patinakuppeln an den Ufern der Liffey eine andere: Großstadt, eine halbe Million Einwohner, mit dem Umland eine Millionenstadt. Ich hatte auf meinen Ausflügen zwar festgestellt, daß das höchste Haus der vierzehnstöckige Wolkenkratzer mit der Leuchtschrift von SONY war, mir aber nichts dabei gedacht. Doch selbst auf der O'Connell Street wies Laura mich ängstlich zurück, wenn ich ihr auch nur einen flüchtigen Kuß auf die Wange drücken wollte. »Please don't touch me, we could be observed!«
Das hörte ich auch, wenn wir im Bewley's Oriental Coffee Shop saßen, im British Homeshop nach Kinderwäsche suchten, auf der Halbinsel Howth ein Sandwich aßen oder in einem Pub

einen Whiskey tranken. Und wenn sie vom Deutschen, das sie von ihrer Großmutter gelernt hatte, ins Englische wechselte, war das für mich wie ein Schleier, in den sie sich hüllte. Es gab außerhalb ihres Büros bald keinen Kuß, keine Berührung ohne prüfende Seitenblicke mehr, nicht auf dem Campus, weder in Claire noch in Dublin, bei Tag nicht, bei Nacht nicht, jedenfalls nicht von Lauras Seite aus. Und stets schien mir, als überlege sie fieberhaft, wie freundlich sie in der zufälligen Gegenwart von Kollegen oder Bekannten zu mir sein durfte, ohne Verdacht zu erregen, sogar vor Jannavy, die uns mehrmals über den Weg lief. Auch war es ihr unmöglich, ihre Fingernägel anders als farblos zu lackieren. Für den roten Lack, den ich ihr einmal schenkte, bedankte sie sich gerührt. Stunden später entdeckte ich ihn in einem Abfallkübel auf dem Flur wieder.

Für mich wurde das zu einer Qual. Ich sehnte mich nach Laura. Wenn Mademoiselle Lescaux neben mir duschte, stellte ich mir Laura vor, wie sie sich in den Brausestrahlen räkelte, sich mit einem Schwamm einseifte und sich um die eigene Achse drehend und wie eine Feder spannend wieder abduschte, auf die Fußmatte stieg, sich das lange Haar auswrang und sich frottierte, keine Körperöffnung auslassend, bevor sie in den Bademantel schlüpfte, sich das Haar fönte, eine Gesichtsmaske auflegte und ihre Nägel manikürte, damit ich sie sah, wie sie jeder sah. Aber ich wollte sie so sehen und berühren, wie sie bisher wohl nur ihr Ehemann gesehen und berührt hatte.

Eines Tages, Sally war für einige Tage zu ihren Großeltern gefahren, lotste ich Laura in ein großes Hotel in Dublin. Wir unterhielten uns bestens, tranken ein paar Cocktails, spielten im Casino. Nur um die paar Chips, die wir mit dem Eintrittsgeld automatisch in die Hand bekommen hatten. Sie sagte beschwipst, wenn ich gewänne, dürfe ich mir etwas wünschen. Ich gewann und flüsterte ihr meinen Wunsch ins Ohr. Sie wurde rot wie nach einem Sonnenbrand. Sekundenlang stand sie so hilflos da, daß sie mir leid tat – sie schien gleichzeitig erfreut wie geschockt. Da hob sie ihr Glas, prostete einem Mann in einiger Entfernung zu und sagte hinter vorgehaltener Hand zu mir: »Unmöglich, mein Kollege vom Trinity College wird uns mit seiner Aufmerksamkeit verfolgen, bis wir beide uns voneinander verabschieden.«

Danach erreichte ich Laura zwei Tage nicht einmal mehr telephonisch. Bis sie wieder mit Sally im College auftauchte. Ihre Tochter stürmte auf mich zu, als wäre ich ihr Vater. Laura bekam feuchte Augen.

In einem Pub in Claire fragte ich Jannavy, was ich tun sollte. Sie seufzte, sah mich lange an und meinte: »Laß sie in Ruhe, Dany. Sie hat schon genug Sorgen.«
»Mag sie mich so wenig?«
»Sie hat mich gebeten, dir zu sagen, daß sie dich eine Weile nicht sehen möchte.«
Das traf mich wie ein Schlag in den Magen. Ich fühlte mich zum Narren gehalten, ja verhöhnt. Sie hätte mir gleich nach dem ersten Kuß eine Ohrfeige geben, die Grenzen klar abstecken sollen. Außerdem hatte ich das Gefühl, daß sie ein wenig auf mich herunterblickte. Sicher, sie bekleidete einen respektablen Posten, während ich nur einen Job für zwei Jahre hatte. Und sicher wußte sie auch, daß ein Mann sich nicht ewig mit den Zärtlichkeiten von Halbwüchsigen abspeisen ließ: Es gab jedoch keine Pille, kein Kondom, keine Abtreibung, keine Scheidung …

Um diese Zeit ging das Gerücht um, eine Studentin des German Department, neunzehn Jahre alt, im zweiten Studienjahr, sei schwanger. Ähnliche Gerüchte gab es öfters, wie mir mein Professor bei einem Essen auf dem alten Campus erzählte. Meist bloß erfunden, um ein Mädchen in schlechtes Licht zu rücken. Oder aus Neid, weil sie einen Freund habe. Von den Studentinnen hier sei schon seit Jahren keine mehr schwanger gewesen – jedenfalls keine irische.

Diesmal stimmte das Gerücht aber, denn Jannavy erzählte mir bald aufgeregt, der Vater des Mädchens, ein einfacher Farmer, sei in seinem besten Anzug in ihrem Department aufgetaucht und habe getobt. Er verlange, daß der feine Herr, der künftige Vater, ein niederländischer Student aus wohlhabendem Haus, seine Tochter sofort heirate, falls er Protestant sei, zum katholischen Glauben übertrete oder das Land sofort verlasse. Dafür würde er bis zum Präsidenten des College vorstoßen.

Das tat er bald wirklich. Der Student reiste fluchtartig ab, der Farmer nahm seine Tochter mit zurück nach Donegal, wo sie zur Strafe die Schafe hüten sollte. Das Mädchen war eine der besten Studentinnen ihres Jahrgangs gewesen.

Laura mied mich tatsächlich. Ich konnte mir erst gar nicht erklären, wie sie das schaffte. Schließlich war ihr Büro im selben Gebäude wie meines, wenn auch am anderen Ende. Ich erfuhr, daß sie mit einer Kollegin ›auf Jagd‹ in ganz Irland unterwegs war. Jagd? Sie bereiste Schulen, um für das Studium am Bentham College zu werben. Mit günstigen Konditionen, also niedrigeren Studiengebühren als an anderen Colleges. Sogar Sally hatte sie mitgenommen. Das jedenfalls erklärte mir eine Betreuerin der Playing School.

Ich begann zu trinken. Meine Studenten schleppten mich öfters zu meinem Auto und fuhren mich nach Hause. Niemand verlor ein Wort darüber, niemand erlaubte sich auch nur einen Scherz. Selbst Mademoiselle Marie Lescaux hielt sich zurück und sah über gewisse Dinge schweigend hinweg. Ich konnte kaum etwas essen, ohne zu erbrechen. Ich rauchte wie ein Schlot, ich zitterte und schwitzte. Ich konnte mich schlecht konzentrieren, einmal blieb ich mitten im Vortrag stecken, weil ich zuwenig Stoff vorbereitet hatte. Aber meine Studenten, deren negative Rückmeldungen an den Professor eine Karriere empfindlich stören konnten, hielten

dicht. Es gab fast nur gute Beurteilungen, wie ich später erfahren sollte. Ja, meine Studenten mochten mich sehr. Der eine oder andere versuchte mich sogar zu trösten, indem er mich auf eine Tennispartie einlud oder ins Pub. Ich suchte jene Pubs auf, die ich mit Laura aufgesucht hatte. Allein. Ich betrat jene Geschäfte, die ich mit Laura betreten hatte. Allein. Ich fuhr auf die Halbinsel Howth, stemmte mich gegen den Wind auf den Klippen, hörte Sally nach mir rufen. Allein. Ich spazierte durch Straßen, durch die ich mit Laura spaziert war. Allein. Ich sah in Bewley's Oriental Coffee Shop in der O'Connell Street und der Grafton Street vorbei und versuchte mich an Plätze zu setzen, wo ich mit Laura gesessen hatte – sie waren jedesmal von Nonnen oder Priestern in Tracht besetzt. BEWARE OF THIEVES!
Manchmal begann ich zu schluchzen, auf einem Platz, auf einer belebten Straße, ich begann einfach zu schluchzen, so daß mich die Leute mitfühlend ansahen oder fragten, ob sie mir helfen könnten. Ach Laura!

Eines Tages, als es mir etwas besser ging, kurvte ich um den St. Stephen's Green. Es muß Ende

Mai gewesen sein, denn die Studenten hatten drei Wochen unterrichtsfrei, ich keine Vorträge zu halten. Ich kurvte um den St. Stephen's Green, eigentlich nur, um zu sehen, ob stimmte, was Jannavy mir verraten hatte und worüber auch Studenten hinter vorgehaltener Hand so manchen Witz rissen. Ich gab mir eine einzige Runde. Die Chancen waren gering, weil die Damen nicht jeden Tag ihrem Erwerb nachgingen, schon gar nicht jedes Mal an der Seite nahe dem unteren Ende der feinen Grafton Street.

Die Sonne ließ das Grün der Bäume zu meiner linken Seite leuchten, die Messingklinken an den bunten Türen der hohen Backsteinhäuser zu meiner rechten aufblitzen. Schmiedeeiserne Zäune glitten an mir entlang.

Ich beendete die Runde, enttäuscht wie erleichtert, denn mit einer Hure zu schlafen, das war, wie schon gesagt, nicht mein Traum. Ich bog in eine Seitenstraße ab, als ich an einer Ampel halten mußte, obwohl ich Grün hatte und die Fußgänger Rot. Da erblickte ich ein kaffeebraunes Mädchen mit Rasta-Zöpfchen vor dem Hintergrund gelb blühender Sträucher. Erst dachte ich, es wäre Jannavy, sie war gleich groß und gleich schlank. Aber das Mädchen hatte einen grünen

Rock und eine weiße Bluse an, weiße Stutzen und schwarze Schuhe und trug sogar eine Schultasche – es handelte sich wohl um ein Schulmädchen, alle Schulkinder steckten in einer Schuluniform. Unsere Blicke kreuzten sich. Das Mädchen beugte sich zu meinem offenen Seitenfenster herab, was nur möglich war, weil mein Wagen Linkssteuerung hatte, und sagte:
»Sorry, would you mind accompanying me to my flat, Sir?«
Während mir durch den Kopf schoß, daß ich fast denselben Satz schon einmal gehört hatte, ohne ihn jemandem zuordnen zu können, sprang meine Ampel auf Rot, ich öffnete die Beifahrertür wie in Trance, das Mädchen eilte um den Wagen. Sie lotste mich mit zunehmender Sicherheit in der Stimme nach Rathmines hinunter.

Es hätte nicht deprimierender verlaufen können – diesmal war sie diejenige, die keine Ahnung von der Liebe hatte.
Hätte sie mich nicht so geschäftstüchtig bereits nach der Ankunft in ihrem Flat, einer Mischung aus Wohnraum, Küche und Badezimmer, um einen Scheck in Höhe von hundert Pfund

gebeten, hätte ich sie wohl früher durchschaut. Sie zog sich aus, verschwand eine Weile hinter einer Spanischen Wand, wohl um sich einzucremen. Dann legte sie sich ausgezogen neben mich und fummelte ein bißchen an mir herum. Sie hatte Mühe, das Kondom aus der Packung zu nehmen und an der richtigen Seite aufzurollen, sie wollte mich sogar auf den Mund küssen, und ich merkte, daß sie all das große Überwindung kostete.

Als sie immer verkrampfter wurde, ein Mädchen von vielleicht achtzehn Jahren, sehr hübsch, aber mit einer großen Zahnlücke links oben, tat sie mir plötzlich leid: Ich sagte beschämt, sie müsse nicht, wenn sie nicht wolle, worauf sie den Kopf schüttelte und in einem schwerverständlichen Englisch und knapp vor dem Schluchzen erwiderte, ich solle sie nicht demütigen, sie würde schon dazulernen, ich hätte schließlich bezahlt.

Ich wußte nicht, wie ich wieder aus dieser mißlichen Lage kommen sollte, ohne das Mädchen zu beleidigen und selbst das Bild eines dummen Freiers abzugeben. Ich versuchte mit ihr zu reden, was sie von ihren Liebesmühen ablenkte, bis sie sich auf den Rücken legte und erzählte, daß sie von den West-Indies stamme und in Glasgow lebe. Ihre Eltern durften nichts von ihrem Job wissen, das waren ehrbare Einwanderer. Katholiken. Und als ich in sie eindrang, schwieg sie plötzlich, biß die Zähne aufeinander, lag einfach unter mir, bevor das feuchte Klatschen unseres Geschlechts meine Traurigkeit wenigstens für eine Weile verdrängte.

Nach so viel Anstrengung fühlte ich mich wie ein Barbar, ja Henker, obwohl sie keine Jungfrau gewesen war. Sie schlüpfte in einen Morgenmantel, ich zog mich eilig und mit rotem Kopf an. Sie bat mich, sie wieder aufzusuchen, ich bekäme Rabatt. Um das zu unterstreichen, gab sie mir eine Visitenkarte mit Adresse und Telefonnummer: Sie brauche das Geld unbedingt, allein schon wegen der Zähne. Ich sei der erste Kunde ihres Lebens gewesen, sie finde mich sehr nett, ich hätte es ihr leicht gemacht.

Als ich das Flat verließ, wußte ich nicht, mit wem ich mehr Mitleid haben sollte: mit diesem kaffeebraunen jungen Mädchen oder mit Laura? Irgendwie hatte ich nun auf beide einen Groll.

Bald rief ich Laura an. Sie verbat sich meine Anrufe. Als ich nicht lockerließ, legte sie sofort

auf, wenn sie meine Stimme hörte. Dann klingelte ich an der Gartentür ihres Hauses in Dublin. Sally winkte aus einem Erkerfenster, warf mir Küsse zu und hüpfte auf und nieder. Laura erschien und zerrte Sally weg, die sich heftig dagegen wehrte. Die Kleine brach in Tränen aus. »B-a-d Mum!« hörte ich gedämpft. Laura beschimpfte mich weinerlich.
Ich stieg mit feuchten Augen in den Wagen und fuhr die Stadt hoch, bis ich das Meer als bewegungslose Fläche aus Metalltönen sah, bog ab nach Hause Richtung Claire: Doch war Claire, war Blackwood, war Irland mein Zuhause?

Ich sah Laura erst wieder, als die Prüfungen in der Examination Hall begannen. Ich begegnete ihr in der Mensa, wo sie sich mit Sally an der Hand für einen Kaffee anstellte wie eine Studentin. Sally wollte sich losreißen und rief voll Freude: »Dany-Daddy!« Aber Laura hielt sie fest und sprach energisch in Gälisch auf sie ein, bis Sally eingeschüchtert verstummte. Ich hatte Mühe, die Fassung zu wahren.
Laura war mir gegenüber plötzlich so unverbindlich freundlich wie zu jedermann. Angelsächsisch, auch wenn sie das bestimmt verneint

hätte. Ich nahm es ihr nicht übel, obwohl sie unmöglich von meinem traurigen Abenteuer wissen konnte. Oder doch? Wir unterhielten uns über Belangloses. Sally trat dabei von einem Bein aufs andere, deckte ihr sommersprossiges Gesicht immer wieder mit der Hand ihrer Mutter ab und lächelte mich verstört an. Als wir uns förmlich verabschiedeten und Sally »Bye Dany!« sagte, war mir, als habe Laura das Schicksal ihrer Tochter für die nächsten zwanzig Jahre bestimmt. Und meines gleich mit. Wir waren wieder wie Fremde.

Als ich in einer dienstlichen Angelegenheit in Lauras Büro mußte, war sie so kühl, daß ich gar nicht erst den Versuch machte, sie anzufassen. Wir besprachen den Termintausch einiger Prüfungen in der Examination Hall, scherzten ein bißchen, wenn auch gequält. Small Talk. Sie machte einen Filterkaffee und bot mir Kekse und Minzbonbons an. Sie beklagte sich über die geringe Zuteilung des Bibliotheksbudgets, die Querelen über diesen und jenen neu zu besetzenden Posten, die mangelnde Abdeckung der Studiengebühren durch die Regierung. Ich hörte nur mit einem Ohr zu. Schließlich zog ich meinen Auto-

schlüssel, um nach Hause zu fahren. Ich ging zur Tür und drehte mich um. Da rief sie meinen Namen und streckte mir eine Visitenkarte entgegen, die mir entfallen sein mußte.
Ich bedankte mich, bevor ich mit einem Blick feststellte, daß es die Visitenkarte des Rasta-Mädchens war. Ich lief rot an und spürte meine Haare im Nacken. Ich brachte kein Wort hervor und ging wie ein Schuljunge davon, den man bei einer unzüchtigen Handlung ertappt hat. Ich hatte mich wohl endgültig um jede Chance gebracht.

Ich weiß heute noch nicht, ob Laura die Adresse auf dieser Karte etwas verraten oder ob Jannavy ihr etwas angedeutet hatte. Das zweite ist wahrscheinlicher. Wie auch immer: Ich hatte eine Ahnung von Irland bekommen.

Bald darauf las ich in einer Zeitung, daß ein Mädchen, ehemalige Studentin des Bentham College, von einer Hochweide in Donegal ins Meer gestürzt sei: Es handle sich um einen tragischen Unfall.
Stammte Laura nicht auch aus dem zerklüfteten, rauhen Donegal?

Ich las die Meldung auf dem kleinen Postamt in Claire, einem düsteren Raum mit uraltem Holz, Eisengitter vor dem Zahlschalter und dem Muff von Jahrhunderten. Als ich die vielen Sammelbüchsen auf den Pulten mit den Gummischonern sah, war ich nahe daran, sie mit einer wütenden Handbewegung zu Boden zu fegen: Mitgefühl, so schien mir, das hatten die Iren im Übermaß. *Irish Missionary.* Überall auf der Welt. Seit gut tausend Jahren. Nur nicht zu Hause für die eigenen Landsleute, für bestimmte Angelegenheiten zwischen Mann und Frau. Dafür waren sie so unbegabt wie für die Zubereitung der Fische, die ihnen in Unmengen in die Netze gingen, aber nur in den indischen Restaurants genießbar waren. Von der Liebe hatten die Iren so viel Ahnung wie von der Küche, in dieser Hinsicht waren sie Barbaren, altmodisch, stur, unbelehrbar. So europäisch wie moslemische Gastarbeiter aus Anatolien bei mir zu Hause. Nein, sie hatten nichts mit Europa zu tun. Nicht mit meinem Europa.

Professor Padraig O'Leary nahm mit Bedauern zur Kenntnis, daß ich meinen Vertrag für das zweite Jahr kündigen wollte und versuchte mich umzustimmen – ich sei ein tüchtiger Kollege mit Zukunft und bei den Studenten sehr beliebt. Ich hätte mich ungeheuer schnell der neuen Umgebung angepaßt, viel schneller als ein Deutscher oder Amerikaner. Außer vielleicht in Sachen Küche, was er verstehe.

Ich ließ mich nicht umstimmen.

Was mich wunderte: Sogar Mr. Poolbridge und Mr. Howy, um die ich nach Möglichkeit einen Bogen gemacht hatte, nahmen meine Kündigung mit großem Bedauern zur Kenntnis, während sie in ihrem Büro einander zärtlich die behaarten Hände streichelten, mich anlächelten und sagten: »Ireland is a great country. Isn't it?«

Eine Woche vor meinem offiziell letzten Tag am Bentham College (die Prüfungsbögen ließ ich mir nach Österreich schicken), packte ich meine Habseligkeiten, schrieb Mademoiselle Lescaux einen Abschiedsgruß und fuhr am nächsten Morgen nach Dun Laoghaire, dem Hafen von Dublin, wo ich telephonisch eine Passage gebucht hatte. Ich machte einen kleinen Umweg zu Lauras Haus. Ich hatte Laura kaum noch gesehen, und wenn, nur von weitem. Ich schaltete den Motor ab und betrachtete das einstöckige

Haus mit den Erkern lange. Die beiden Garagentore waren geschlossen, auch die kleine Gartentür. Ich versenkte mich in dieses Haus, das ich auf Lauras inständige Bitte nie betreten hatte, ich betrat es in Gedanken: ein kurzer Flur, von dem links eine Tür zum Livingroom mit dem unvermeidlichen Kamin an der Außenseite und einer Glasfront zum Garten hinausführte, rechts war der Diningroom, wieder mit Kamin, am Flurende die Küche mit großen Fenstern und einer Tür zum Garten hinter dem Haus. Ich stieg eine Treppe hoch, fand die Schlafzimmer, Bad, Toilette. Der Boden knarrte bei jedem Schritt, wie bei Holzhäusern üblich. Ich sah Sally, wie sie mir mit ihrem dunklen Haar entgegenkam, die Augen zwei blaue Monde. Sie zog mich an der Hand und rief: »Dany-Daddy-Daddy! I really must do pee-pee! Please!« Plötzlich verschwamm das Bild, löste sich auf, ich hatte die Augen voller Tränen. Ich hatte mich nicht von Laura verabschiedet, nun war es zu spät. Ich war von Zentraleuropa gekommen, einen Steinwurf vom Eisernen Vorhang entfernt, aus einem Land, in dem so mancher Ire nicht einmal elektrische Kühlschränke und Staubsauger vermutete. Ich dachte an die Mädchen meiner Heimat, wie sie elegant und leicht bekleidet über teerheiße Straßen schlenderten, in den Freibädern und Parks oben ohne in der Wiese lagen, ich dachte an die Mädchen an den Stränden Italiens und Jugoslawiens, während ich den Duft kristallklaren Wassers, glühender Felsen und eines staubigen Windes in die Nase bekam. Ich weinte und weinte, bis ich nicht mehr weinen konnte. Ich wollte nur mehr weg, weg vom Ende der Welt.

Laura schrieb mir nicht. Ich schrieb Laura auch nicht. Jahre später, als ich mich in einer umzingelten Stadt auf dem Balkan aufhielt, wo sogar die mageren Katzen aus Angst mit offenen Augen schliefen, geschah etwas Seltsames: Ich fühlte Laura und Sally wiederholt um mich, als wären sie wirklich bei mir, nur ohne Gestalt. Ich spürte sie während eines stundenlangen Artilleriebombardements, das mich halb taubdröhnte. Ich hörte ihre Stimmen. Es waren zärtliche Stimmen, und ich sah Bilder auftauchen, die ich längst vergessen glaubte. Ich schwor mir, Laura ein paar Zeilen zu schreiben, ein Lebenszeichen von mir zu geben, wenn ich heil nach Hause kommen sollte, als würde sie das nach so vielen Jahren noch interessieren. Ich sah mich schon verstümmelt unter einer Plane, im Sarg nach Hause kehren. Ich saß tagelang in einem Gebäude fest, inmitten von stillen Kindern und verängstigten Erwachsenen, die manchmal unerwartet aufschrien, die Serben und Gott verfluchten, aber im nächsten Augenblick die Jungfrau Maria anflehten, sie nicht zwischen stinkenden Windeln, geplatzten Toilettenrohren und Ratten sterben zu lassen. Das schlimmste war der Durst. Zwei Tage ohne einen Tropfen Wasser. Durst in der glühenden Hitze Ostslawoniens. Manche Kinder schliefen einfach ein und wachten nicht mehr auf. Und dann die Meldungen im Radio, daß wieder einmal ein Waffenstillstand vereinbart worden sei.

Nach einer dieser Feuerpausen, die jedes Mal gebrochen wurden, nachdem man sie gerade über Lautsprecher verkündet hatte, fürchtete ich, daß nicht ich, sondern Laura vor mir sterben könnte. Nicht durch einen Heckenschützen der IRA oder eine Bombenexplosion im British Homeshop, aber vielleicht durch einen betrunkenen Autofahrer, durch eine schwere Krankheit. Womöglich war sie schon gestorben, und ich wußte es nicht. Eine irrwitzige Vorstellung. Doch es gibt Situationen, die den Verstand in die Ecke drän-

gen, man denkt immer noch, aber in Kurven. Das Wahrscheinliche wird verworfen, das Unwahrscheinliche türmt sich zu Wolkenkratzern einer dunklen Angst.
Ich bekam keinen Kratzer ab, das größte Wunder meines Lebens. Bald schon meinte ich, daß ich meine Unversehrtheit keinem Wunder, sondern nur einem schlechten serbischen Artilleriebeobachter zu verdanken hatte, als wäre das nicht dasselbe. Ich kam gestärkt nach Hause, ich war unverwundbar, keiner meiner Kollegen hatte sich dorthin gewagt, wo ich mich hingewagt hatte. Aus Leichtsinn und finanzieller Not.
Ich schrieb Laura einige belanglose Zeilen und schickte ein Foto mit, das Sally auf meinem Schoß zeigt – jeder hält dem andern seine Hand mit dem Victory-Zeichen über dem Kopf: Wir lachen in die Kamera, die Deirdre Dwyer, das Mädchen in den Cowboystiefeln, einmal bedient hatte.

Ich weiß nicht, ob Laura sich über dieses Foto freute, schließlich ließ sie sich nie fotografieren, wollte auch nicht, daß ich ihre Tochter fotografierte. Sie hatte Angst davor, daß ich irgend etwas von ihr in die Hände bekam. Sie war in diesen Dingen ungeheuer vorsichtig gewesen, wie es wohl nur eine Irin sein konnte, als ich noch jung war und mich ihr gegenüber überlegen fühlte. Doch ich hatte etwas von Laura aufbewahrt, was sie nicht zu kontrollieren vermochte und woran sie nie gedacht hatte.

Bald erhielt ich eine Karte aus Irland. Laura schrieb, daß sie noch ein Kind bekommen habe – einen Buben, James. Sie sei sehr glücklich: Viele liebe Grüße, alles Gute!

Sie hatte sich wohl mit ihrem Mann versöhnt. Oder heimlich einen neuen Liebhaber gefunden?

Ich nahm die Karte oft in die Hände wie eine Reliquie und beschnupperte sie, um etwas von ihrem Minzeatem zu erhaschen, bevor der Duft sich gänzlich verflüchtigte.

Sah ich ein kleines Fähnchen mit den Nationalfarben Irlands auf einem Käse in der Vitrine eines Supermarkts, bekamen meine Gedanken Flügel. Das Werbeplakat für eine berühmte Tanztruppe unter dem Zeichen der Harfe wurde unter meinen Blicken lebendig – ich hörte das Knallen genagelter Schuhe, junge Mädchen mit steifem Oberkörper und unverwechselbaren Frisuren bewegten ihre Beine präzise zu Rhythmen, die mich immer auch ein wenig an Nordafrika denken ließen. Und stets waren sie ganz Bein, nie Leib, ganz Ritual, nie lebendige Gegenwart, und keiner aus der Fremde konnte sie wirklich berühren, selbst wenn er sie umschlang.

Mehrmals erhielt ich Anrufe, ohne daß sich jemand gemeldet hätte. So etwas kommt vor, gewiß. Doch ich war sicher, daß es sich immer um dieselbe Person handelte, wahrscheinlich um eine Frau – ich merkte, wie sie den Atem anhielt, wartete, um vielleicht meine Stimme zu hören.

Ich hatte Laura nie gesagt, daß ich sie liebte.

Mein größter Fehler?

Wenn mich die Erinnerung überwältigte, ich zu tief ins Glas schaute und eine gewisse Melancholie nach mir griff, stellte ich mir vor: Ein Mann in den besten Jahren besteigt eine Maschine mit dem grünen Kleeblatt am Leitwerk, läßt sich mit Lachs auf gebuttertem Toast verwöhnen und fliegt auf die meerumtoste, kühle Insel mit den unglaublich vielen Grüntönen, den Nebelschwaden, den großen Raben im Geäst dunkler Bäume, seinen freundlichen Menschen und den Pinguinen. Er mietet einen Wagen und fährt bei Sonnenaufgang nach Sandymount, wo

auf den Stechpalmen wahrscheinlich noch die Tropfen des letzten Regenschauers funkeln und die Morgenbrise den Duft des Meeres mitführt. Er hält vor einem weißen Haus, das vielleicht schon halb zugewachsen ist und sich blaß gegen einen Himmel aus Wasserfarben abhebt.
Wer wird als erster die Tür hinter sich schließen? Der Mann stellt sich vor: Es ist Laura, und sein Herz klopft lauter. Oder ist es ihr heimlicher Lebensgefährte? Egal, er kennt diesen Mann, dem sie ein Kind geschenkt hat, genausowenig wie den ersten. Er kennt auch Lauras Sohn nicht, er kennt nur dessen Namen. Und wenn sie alle nicht mehr in diesem Haus wohnen?
Während sich dem Mann die Haare aufstellen, weil es in Irland keine Meldepflicht gibt, während der Mann fieberhaft überlegt, wie er Laura am schnellsten finden könnte, erscheint sie – eine dunkelhaarige junge Frau im Rollkragenpulli mit kleinen schwarzen Hörern in den Ohren, eine Mappe unter dem Arm, das Gesicht voller Sommersprossen. Eine Sekunde lang hält er sie für Laura. Sie öffnet ein Garagentor, läßt einen uralten, kleinen, italienischen Wagen rückwärts auf die Straße rollen. Ihre Blicke kreuzen sich, sie kurvt los, wahrscheinlich nicht zum

Bentham College, sondern zum University College oder Trinity College. Sie wundert sich, daß ihr ein Wagen mit einem Mann in den besten Jahren folgt. Sie parkt, er parkt ebenfalls, sie steigt aus, er bleibt im Wagen. Er wartet. Irgendwann trommelt Regen auf das Dach. Ein heftiger, kurzer Schauer. Von der Straße steigt Dunst hoch, der Himmel reißt auf und schillert in nassen Farben. Die Kühnheit der Fußgänger ist ungebrochen. Er hört Gehupe und weiß, das muß ein Ausländer sein, ein Kontinentaleuropäer. Der Mann wartet und wartet.

Worauf?

Als die junge Frau wieder in den Wagen steigt, fühlt sie Unbehagen, er wird bald von ihr ablassen, er möchte sie nicht ängstigen – sie kann sich unmöglich an ihn erinnern, und wenn, würde sie ihn nicht erkennen. Er fährt langsam an ihr vorbei, als sie bereits Platz genommen hat, damit er in ihrem Gesicht die Züge ihrer Mutter durchschimmern sieht. Er winkt ihr zu, eingedenk so vieler Erinnerungen und einer Sehnsucht, die trotz zahlreicher Liebschaften die ganzen Jahre über nie völlig geschwunden ist, er winkt und ruft voll Freude und Schmerz: »Hi, Sally-sweety-pie, my young fine Lady!«

Und er wäre irritiert, aber auch erleichtert, wenn sie ihm den gestreckten Mittelfinger mit rotem oder grünem oder blauem Nagel zeigen und wütend antworten würde:
»O fucking Jesus! What's your problem, dirty old man?!«

## III

Ich fuhr nicht nach Irland. Ich hatte wohl Angst, eine Enttäuschung zu erleben. Ich war noch immer Junggeselle, Laura hatte zwei Kinder. Was sollte ich in Irland?

Hinzu kam: Eines Tages surfte ich im Internet, stolperte gewissermaßen über mein altes College und suchte nach Laura Grey: Es gab keine Laura Grey, auch an keinem anderen irischen College. Vielleicht hatte sie ihren Beruf aufgegeben, vielleicht war sie ausgewandert. Wie auch immer, meine Geschichte mit Laura war nun endgültig zu Ende, und so seltsam es klingt, ich war erleichtert. In gewisser Hinsicht war Laura tot. Endgültig.

Auch ich war tot. Hatte zumindest die Haut gewechselt, schon vor Jahren. Kaum zurück in Österreich ging ich nach Oklahoma. Ich arbeitete drei Jahre in meinem alten Beruf. Doch der American Way of Life mit seinen Klapperschlangenfesten inmitten der Prärie war nichts für mich. Zu Hause hieß es, Leute mit Auslandserfahrung hätten bessere Chancen auf eine Anstellung – eine glatte Lüge, weil die Stubenhokker in der Zwischenzeit alle nachzubesetzenden Posten in Beschlag genommen hatten. Nach erfolgloser Stellensuche an den Universitäten nahm ich das Angebot einer deutschen Zeitschrift an, Wissenschaftsjournalist. Ich kam viel herum: Ich berichtete über die Schwerelosigkeit in der Umgebung von Supraleitern; über ein sich selbst reinigendes Wunderglas nach dem Vorbild der Lotosblüte; über das Gedächtnis von Wassermolekülen in jüdischen Heilbädern; die Interaktion von Steinen im Zen-Garten unter Berücksichtigung der Quantentheorie; über den neuartigen Raketenantrieb, den ein alter Schulkamerad erfunden hatte … Als die Zeitschrift einging, hatte ich jede Reputation verloren. Wenn ich mich bei Firmen vorstellte, hieß es am Ende stets, ich hätte eine wahrlich blühende Phantasie (man kannte meine Artikel, obwohl man nie zugab, gewisse Zeitschriften überhaupt zu lesen). In der Physik zählten aber nur Fakten – Phantasie sei etwas für Schriftsteller. Und eines Tages wurde ich das, versuchte jedenfalls, einer zu werden.

Nein, ich fuhr nicht nach Irland. Die Erinnerungen hätten mich erdrückt. Ich hätte nicht durch

Dublin spazieren können, nicht durch Claire, nicht durch Blackwood, ohne Schmerz, ohne Leid. Ohne Laura.

An einem Sommerabend rief mich ein guter Freund an und fragte, ob ich Lust hätte, mit ihm essen zu gehen: Ich dürfe mich nicht zu sehr in meine Arbeit vergraben.
Er hatte leicht reden. Er verdiente sein Brot als hochbezahlter Werbetexter, während ich stets knapp bei Kasse war. Er mochte aber, was ich schrieb und wäre selbst gern Schriftsteller geworden. Ich lebte schon seit Jahren von der Hand in den Mund. Als Mann für alles, bei kleinen Kulturvereinen, die nacheinander eingingen. Jetzt hatte ich überhaupt keine Arbeit mehr, keine Erwerbsarbeit, die Luft wurde so dünn, daß ich mir ausrechnen konnte, wann ich mit einem Auto (natürlich einem Mietauto) mit 180 km/h gegen eine Wand fahren oder noch besser, die Leitplanken einer ins Tal führenden Alpenstraße durchbrechen würde. Am besten mit einigen Gläschen intus, das wäre unverdächtig, glaubhaft. In Gedanken hatte ich meinen Abgang schon oft durchgespielt. Wie ein Legionär, im Fall des Falles, das Spiel mit der letzten Patrone.

»Ich lade dich ein«, sagte Moritz. »Du bringst mir dafür eine deiner neuen Geschichten mit. Ist das ein Angebot, du Stubenhocker?«

Ich ließ mich ungern aus der Arbeit reißen. Stubenhocker! Das war ich seit einer Weile tatsächlich, ich hatte selten Lust, meine kleine Wohnung zu verlassen. Ich hatte noch einige Dinge vor, aber meine Gesundheit war angeschlagen: schwere dilatative Kardiomyopathie – Vergrößerung der linken Herzkammer. Wie ich, der bis dahin nie ernsthaft krank gewesen war, sie mir eingehandelt hatte? Extremsportler war ich keiner, Kampftrinker auch nicht. Ich hatte eine Grippe nicht ernst genommen, eine Grippe mit Schweißausbrüchen, aber ohne Fieber. Kalte Grippe. Doch das vermuteten die Ärzte nur. Die meisten Ursachen dieser Krankheit sind unbekannt, mit plötzlichem Herztod mußte ich trotzdem rechnen. Natürlich hätte ich weder rauchen noch trinken dürfen, aber das gelang mir nur phasenweise. Dazu der Streß mit meiner Arbeit, die ständigen Absagen von deutschen Verlagen, kein Buch ohne mindestens dreißig Absagen! Und dann die ewigen Geldsorgen, Geldsorgen ohne Ende: Zahnplom-

ben auf Pump – Moritz, meine Rettung; Kühlschrankreparatur auf Pump – Moritz, meine Rettung; Stromkostennachzahlung auf Pump – Moritz, meine Rettung. Bei der Bank keinen Cent Überziehungsrahmen mehr, schiefe Blicke und die unausgesprochene Frage von jungen Damen in weißgebügelter Bluse und dezentem Schmuck, mit dreizehn Monatsgehältern und Kleiderzulage, wie ein Mann in meinem Alter es denn schaffe, überhaupt kein Geld zu haben. Dabei arbeitete ich härter und erbarmungsloser als sie, unmenschlich hart, was in gewisser Weise leicht war, da ich wegen meiner schwachen Blase nachts selten länger als zwei Stunden durchschlafen konnte.
Manchmal lud ich Frauen ein, um den Kontakt mit der Welt nicht ganz zu verlieren. Ich war ein guter Koch. Mit einer Frau zu schlafen, das bedeutete für mich, einen Kontakt mit der Welt, dem Leben aufzunehmen. Und wer wußte schon, wie lange ich dazu noch Gelegenheit hatte. Ich liebte sie, so niederträchtig sie manchmal auch sein konnten – wenn man kein Geld hatte, in meinem Alter noch dazu, lernte man die Frauen wirklich kennen.

Ich schaltete den Computer aus, hängte mir ein helles Sakko über die Schultern, setzte eine Sonnenbrille auf und spazierte zum verabredeten Lokal, keine fünfzehn Minuten von mir entfernt. Innenstadtbezirk.

Meine Provinzhauptstadt ist klein, wie schon gesagt. Eine viertel Million Einwohner. Im Sommer schwül und heiß, mit einem Licht, das Bewohner nördlich der Alpen schon als Licht des Mittelmeers empfinden, ein Licht, das auf hellen Wänden ohne Sonnenbrille schmerzhaft blendet. In meiner Stadt gibt es auch Parks. Keinen so großen wie den Phoenix Park in Dublin, der sogar größer ist als der Bois de Bologne in Paris. Es gibt sogar Parks, in denen Frauen spazieren, in eindeutiger Kleidung, obwohl es verboten ist. Verboten ist nicht die käufliche Liebe, schon seit Jahrzehnten nicht, es gibt mindestens 45 polizeilich genehmigte Bordelle. Verboten ist sie nur an bestimmten Plätzen, in bestimmten Straßen, oder umgekehrt: Es gibt zwei lange Straßen, wo sie polizeilich erlaubt ist.

In meiner Stadt schimmern auch Patinakuppeln, sie hat viele Barockkirchen, und ein Fluß schneidet diesen Flecken Erde in zwei Teile. Zumindest im Sommer ist die Innenstadt viel belebter als Dublin mit seinen angestaubten Buchhandlungen. Selbst Isabelle, die ich vor vielen Jahren verließ, um über die Irische See zu setzen, von Fishguard nach Rosslare, selbst Isabelle, mit der ich ab und zu einen Kaffee trinke, wie mit anderen verflossenen Geliebten, zieht unsere kleine Provinzhauptstadt so manch anderer europäischen Großstadt vor.

Ich weiß nicht, warum mir diese Gedanken durch den Kopf gingen. Es war, als hätte ein Ereignis seine Schatten vorausgeworfen wie ein Boot seine Bugwellen. Absurd? Jedes Ereignis, auch das nur gedachte, schlägt Wellen, die nicht mit dem Quadrat der Entfernung umgekehrt proportional abnehmen. Gedanken sind unsterblich, nicht bloß im übertragenen Sinn. Das ist ähnlich wie bei der Homöopathie, dem lebendigen Wasser oder den Steinen im Zen-Garten. Alles ist mit allem verbunden. Und jedes Sandkorn weiß von jedem anderen Sandkorn, selbst vom weitest entfernten. Auch das ist Physik. Jedenfalls die, die ich zum Erstaunen meiner Studenten gelehrt habe.

Ich drückte Moritz eine Geschichte in die Hand. Wir aßen, wir tranken, wir rauchten. Mein Herz schmerzte, feine Nadelstiche. Bald gingen die Straßenlaternen an, die Mücken und Nachtfalter schwirrten durch die Luft, das Hemd klebte mir an manchen Stellen auf der Haut, schwüler Juliabend in einem großen Gartenlokal mit wackeligen Tischen auf Kies, umrahmt von Hauswänden mit schmiedeeisernen Balkonen. Dann und wann Glockenschläge, die das Gemurmel der Gäste und das Klappern des Geschirrs überlagerten.

Schließlich mußte ich auf die Toilette. Auf die winzige Toilette in einem schmalen Flur, klein und schäbig. Ich ging die paar ausgetreten Steinstufen hinauf. Eine Frau kam mir in der düsteren Beleuchtung entgegen, in einem hellen Kostüm, eine Korallenkette um den Hals, das dunkle Haar zu einem Zopf geflochten, das Gesicht voller Sommersprossen. Ich hatte das Gefühl, mein Herz bliebe stehen. Ich fragte mich, ob meine Phantasie mit mir durchging. Ich sah in beschattete Augen, schimmerndes Weiß, ein blaues Leuchten.

Diesmal zitterte sie mehr als ich. Sie zitterte am ganzen Leib.

»Dany?« sagte sie mit fahriger Stimme, während ihre Hand an den Mund fuhr.

Ich roch den Duft von Minze, ich sprang Schnur ohne Schnur, ich sah Frankreich duschen, das Rasta-Mädchen mit der großen Zahnlücke, die Pinguine in der Dämmerung schneeloser Winterabende, ich hörte das Knallen genagelter Schuhe, Kanonendonner, Lauras Stimme, wenn sie das Klopfen an ihrer Bürotür nach langer Zeit beantwortete, ich sah und hörte alles durcheinander. Ich hatte mich in Lauras Augen wohl um einiges verändert. Ein Mann mit leicht ergrauten Schläfen, das Gesicht voller, kleiner Bauchansatz. Ich tauchte in den Minzeduft, spürte eine Wange.
»Ach Dany, ich habe die ganze Woche an dich gedacht!«
Sie hatte ihre Figur über die Zeiten gerettet, sie hatte sich kaum verändert. Selbstdisziplin der Erfolgreichen. Oder die Gunst der Gene.
Als ein Gast uns bat, doch bitte Platz zu machen, lösten wir uns voneinander. Sie zog ein Papiertaschentuch aus ihrer kleinen Umhängetasche und wischte mir die rosa Spuren aus dem Gesicht. Ihre Augen glänzten feucht. Sie sah aus, als hätte sie lautlos geweint.

Eine ganze Woche an mich gedacht und kein einziger Anruf?

»Ja«, sagte sie im zitternden Halbschatten der Bäume, während wir Hand in Hand dastanden. Ich mit weichen Knien. »Ich wollte mir nur eine einzige Chance geben. Verstehst du?«
Sie nahm an einem Anglistenkongreß teil, war jeden Abend mit Kollegen ausgegangen, in verschiedene Lokale, erzählte sie. An diesem Abend, drei Tage vor ihrem Rückflug nach Dublin, war sie allein aufgebrochen. Sie habe sich den halben Nachmittag ziellos durch die Straßen und Gassen treiben lassen. Eine schöne Stadt. Als sie die riesige Speisekarte im Aushang gesehen habe, mit über hundert Gerichten, auch noch zu für Iren sehr günstigen Preisen, sei sie über die Schwelle des Braun de Praun getreten, durstig und hungrig. Mit der großen Hoffnung, aber auch etwas Furcht, daß ich ihr über den Weg laufen würde.
»Wohin gehen wir, Dany?«

Ob Moritz vom Anglistenkongreß wußte? Mein Freund schüttelte den Kopf und ließ uns bald höflich allein.
Er wußte nichts von Laura, ich hatte meinen Freunden nie von Laura erzählt. Wie war es ihr all die Jahre über ergangen?

Laura Grey war zu der Zeit, als ich im Internet nach ihr gesucht hatte, Gastprofessorin in Amerika gewesen. Hätte ich sie eine Weile zuvor oder danach gesucht, hätte ich sie trotzdem nicht gefunden. Mittlerweile gab es in Irland die Scheidung, das hatte ich verschlafen. Und ich Idiot war gar nicht auf die Idee gekommen, mich bei Lauras Kolleginnen nach ihr zu erkundigen. Ihren Brief hatte sie mit Laura Grey unterschrieben, den Namen, unter dem ich sie am College gekannt hatte. Jetzt trug sie wieder ihren Mädchennamen: Laura Wyte.

Ob sie glücklich sei? – Sie lächelte, während ich meine Hände auf ihre legte. Sie zog sie nicht zurück. Wärme durchfloß mich kribbelnd wie ein schwacher Strom: Sie sei eine Weile sehr glücklich gewesen, dann weniger. Ihr zweiter Mann, ihr heimlicher Geliebter, habe viel getrunken.
»Nun bin ich ganz frei. Frei, aber alt, Dany.«
Sie zog ihre Hände zurück und lächelte mich zärtlich an. »Und du? Wo hast du deine Frau versteckt?«
»Ich habe keine.«
»Weil du ein Spitzbube bist. Kein Ire hätte gewagt, mich einfach mir nichts dir nichts zu küs-

sen. Und das auch noch vor dem Haupttor des berühmten Bentham College!«
»Ich habe meinen Überfall angekündigt. Und der Regen war mein Verbündeter.«
Sie lachte, sie lachte so hell wie damals, als ich sie zum ersten Mal lachen hörte, im Reich Father O'Brians, des Herrn über alle Küchen und Mensen.
Wir tranken einige Gläschen, wir tauschten Zärtlichkeiten aus. Unserem Alter entsprechend, ohne uns aufzufressen.

Noch zwei Tage, schoß es mir öfters durch den Kopf. Jetzt war Laura in meinem Land, im Land der Berge und der Dome, wie sie bemerkte, aber daß es auch ein Land drückender Hitze war, das habe sie nicht einmal geahnt.
Sie hatte ein gerötetes Gesicht, nun wirklich mit Sommersprossen übersät, ihre Arme waren von der Sonne verbrannt. Seit Tagen Temperaturen um 38 Grad, dazu die Schwüle, die Schwüle in der Stadt, wo jedes Haus, jede Mauer, jeder Pflasterstein die Wärme speicherte. Kein Regen, nicht einmal ein kleiner Schauer. Die ganze Woche nicht. Sie zeigte mir eine Brandwunde, die sie sich beim reflexartigen Festhalten an

einem schmiedeeisernen Gitter zugezogen hatte, als sie auf einer Treppe an der Mur zu stolpern drohte. Dieses Klima war sie nicht gewöhnt, es setzte ihr zu. Sie kannte den Norden Deutschlands, in Österreich war sie noch nie gewesen. *The forty shades of green?* – Hier gebe es nicht weniger Grüntöne, nur in einem anders gerasterten Farbenreich. Als sie aus dem Flugzeug gestiegen sei, sei die Hitze für sie umwerfender als in Rom oder Madrid gewesen, eine afrikanische Hitze. Und auf der Busfahrt in die Stadt, unheimlich viel Grün, so daß ihre Augen darin fast ertranken. »Ach, Irland muß dir sehr herb, sehr karg vorgekommen sein«, sagte sie. Und angesichts der knienden Bettler aus der Slowakei und der vielen afrikanischen Zeitungsverteiler: »Unsere einzige Erfahrung mit dem Ausland sind die bösen Engländer. Hätte Napoleon uns besetzt, wäre die beste irische Küche nicht die indische.«

Wir verabredeten uns für den folgenden Tag. Ich solle sie um vier Uhr am Nachmittag in ihrem Hotel abholen. Warum nicht am Vorittag? Ausgeschlossen, sie müsse einen Vortrag halten, den könne sie nicht schwänzen.
Weil ich so bescheiden wohnte, hatte ich Hem-

mungen, sie zu fragen, ob sie auf einen Drink zu mir kommen wolle. Und sie verzichtete darauf, sich selbst einzuladen, wohl wegen bestimmter Assoziationen und weil sie wußte, daß ich kein Haus mit Gästezimmer besaß.

Was wir mit dem morgigen Tag anfangen sollten? Baden? Kein schlechter Vorschlag, bei der Affenhitze. Und dann plötzlich: Nein, baden könne sie auch zu Hause. Wenn es möglich wäre, ein Ausflug in die steirische Toskana, die Südsteiermark, die Weingegend, sie kenne die Gegend ein bißchen von einem Besuch in der vergangenen Woche. Dort würde sie gern noch einmal hin. »Zum Heurigen oder wie sagt man hier – Buschenschank?«

»Wir können an einem Badeteich vorbeifahren und eine Buschenschank aufsuchen.«

Sie nickte. Ich begleitete sie zu ihrem Fünf-Sterne-Hotel, keine zehn Minuten vom Braun de Praun entfernt. Wir spazierten Arm in Arm. Die letzte Straßenbahn bog um die Ecke, eine laue Nacht mit Grüppchen junger Leute auf der Straße, unverkennbar Studenten. Gegenüber dem Hotel lag die Hochschule für Musik. Ob sie in der Nacht schlafen könne? Ihr Zimmer gehe auf die Hinterseite hinaus.

Vor dem gläsernen Eingang blieben wir stehen. Sie umarmte mich, ich küßte sie. Kurze Gegenwehr, wegen des Portiers, wie sie flüsterte. Der Portier im Hintergrund war mir egal. Dann war er ihr auch egal. Ich spürte ihr Begehren, sie spürte mein Begehren. Hier war sie in meiner Stadt, in meinem Land, auf meinem Kontinent. Zentraleuropa. Hier sah man kaum Pinguine. Außer im Fasching.

Zu Hause fiel mir ein, daß ich ja kein Auto besaß. Glückstrunken rief ich Moritz an. Der brauchte seinen Wagen selbst, Besprechung mit einem Kunden. Er redete mit seiner Frau Lili. Ja, Lili würde mir ihren Golf leihen. Ich solle ihn gegen Mittag bei ihr abholen – gute Lili, wenigstens dieses Problem gelöst!

In der Nacht spürte ich mein Herz wieder: feine Nadelstiche, viel zu hoher Puls, holpernd. Hatte ich vergessen, meine Pillen zu schlucken? Die Pillen hatten so viele Nebenwirkungen, daß man den Beipackzettel kein zweites Mal las. Schluckte man sie aber nicht, wurde das Leben ein Kartenspiel mit dem Tod. Aber war nicht das ganze Leben ein Spiel mit dem Tod?

Ich ließ solche Gedanken ins Leere laufen. Sie kamen und gingen. Der Feigling stirbt tausend Tode. Ich würde nur einen sterben. Sogar seine Gestalt kannte ich bereits. Das hatte etwas Tröstliches. Zudem würde ich nicht mehr da sein, wenn er mich traf. Aber Laura würde am nächsten Tag noch da sein, mich erwarten. Zwei Tage Zeit, nach zwanzig Jahren wellenförmiger Sehnsucht, nun dem Gipfel so nah: welch unverhofftes Geschenk!

Ich schlief nicht gut. Die schönsten Träume zerrissen vom Gang zur Toilette.
Am Morgen war ich nicht wirklich ausgeschlafen, aber die Sehnsucht weckte meine Lebensgeister. Einige Tassen Espresso, frisch gemahlen, Illy-Kaffee, per Knopfdruck, ein kleiner Luxus, die Maschine. Ich besaß nicht einmal Stereoanlage und Videorecorder, nur einen Computer. Das Beste an meiner kleinen Wohnung war die Aussicht vom vierten Stock, Blick auf viel Grün, über die Stadt bis zu den westlichen Hügeln, der Lärm einer stark befahrenen Straße war weniger angenehm. Dafür war es zum Friedhof nur eine Minute.
Kaffee und ein ausgiebiges Frühstück (weiches Ei mit Schinkenbrot), nach den Tabletten und

der Dusche mit Haarwäsche. Alles ein kleines Ritual. Und dann, ein wenig Ordnung schaffen.

Ich rief Lili an, wegen des Golfs: »Nein, ich habe nicht vergessen, wie kannst du nur annehmen, daß …«

Ich war ihr bester Freund. Ich wußte über manche Dinge besser Bescheid als ihr Mann. Lili war eine fleißige Leserin. Viele Frauen vertrauen einem Schriftsteller mehr an als ihrem Ehemann, jedenfalls viel rascher, weil sie glauben, daß dieser Mann keine Tabus kennt, manchmal hat das wirklich Vorteile.

»Entschuldige, aber kannst du dir überhaupt eine Lady aus Irland leisten? Ich gebe dir 100 Euro. Moritz braucht nichts davon zu wissen.«

Lili verkaufte Urlaubsreisen an die dalmatinische Küste. Sie verdiente gut und fluchte und weinte heimlich, wenn sie an ihre Verwandten in Ostslawonien dachte. Lili und Moritz lebten mit ihren beiden kleinen Kindern in einem Haus mit Swimmingpool und Garten am Rande der Stadt. Nachts hörten sie die Frösche quaken und hatten einen Panoramablick auf eine angestrahlte Barockkirche auf einem Hügel. Die Jalousien summten per Knopfdruck, und der

Swimmingpool bekam per Knopfdruck ein Glasdach. Manchmal verirrte sich ein Rehbock auf das Anwesen. Scheu, mit Schaum vor dem Maul, der Atem eine Rauchfahne. Dann standen sie mit angehaltenem Atem da und sahen hinaus auf Äcker, Wiesen und Wälder voll feiner Nebelschleier, wo die Freiheit zu beginnen schien.

Steigende Sonne, die sich schon in der Frühe hinter Schleiern versteckte, keine Schatten warf. Warschau, Prag, Wien, Budapest, Bratislava, Ljubljana, Zagreb, Belgrad – eine Last über Zentraleuropa, der auch meine kleine Stadt nicht entkam. Sie wuchs unter dieser Last, sie stöhnte, afrikanische Hitze, über die wir selbst jedes Jahr staunen, auf die wir so wenig vorbereitet sind wie die Iren auf Eis und Schnee. Was in Irland die Gasbrenner im Winter sind, sind bei uns die kleinen Ventilatoren im Sommer. Wir sind kein tropisches Land, nicht einmal ein subtropisches. Doch selbst die griechischen Taxifahrer halten die kretische Hitze für erträglicher und fragen, wann wir endlich Bananen anpflanzen.
Ich holte den Golf sicherheitshalber früher ab als vereinbart, nach der endlosen Fahrt mit der Straßenbahn Linie 1, der längsten Linie meiner Stadt.

Lili arbeitete meist von zu Hause aus, in einem Kellerzimmer. Ihr Haus sei viel zu klein, alle Räume belegt, sie wäre ein Kellerweib, eine arme Kroatin im fernen Ausland, auf einem anderen Kontinent. Slibo gefällig? Ohne Slibo sei es in Österreich nicht auszuhalten – sogar die Gurken müßten für uns in einem bestimmten Winkel wachsen. »Picka ti materina!«

Ich fuhr in die Stadt zurück, setzte mich unter einen Sonnenschirm, trank Kaffee und Mineralwasser. Das Warten auf Laura machte mich nervös, ich hätte unmöglich meine tägliche Arbeit fortsetzen können. Ich beobachtete den Strom der Passanten, viele hübsche Frauen, so viele, daß sie auch Laura aufgefallen waren, wie auch die sauberen Straßen (»Woher kommen bloß die Esel, die eure Straßen so sauber schlecken, Dany!«). Doch an jenem Tag hätte mich keine Frau gereizt, auch nicht die schönste. Ich war ganz bei Laura. Daß sie keine junge Frau mehr war, störte mich nicht. Ich sah sie durch die Augen meiner Erinnerung, durch die Augen meiner alten Liebe. Sie glühte jetzt noch stärker als in Irland. In Irland war ich ein Mann Ende Zwanzig gewesen. In Irland hatte ein Mann dieses

Alters keine Möglichkeit, sich die Hörner abzustoßen. In Irland war jedes Wesen, das auch nur weiblich aussah, bereits eine Versuchung. In Irland war die Unterschreitung der Gesprächsentfernung schon ein erotisches Erlebnis, der zu lange Händedruck, Mademoiselle Marie Lescaux … In Irland konnte man nur früh heiraten. Jetzt aber war Laura geschieden. Frei. Allein. Und sie befand sich in meinem Land.

Sicher, wir hatten unsere beste Zeit schon hinter uns. Es würde keine gemeinsame Zukunft geben, das wäre lächerlich gewesen. Darum ging es nicht. Ich hatte ihr Begehren gespürt, sie hatte mein Begehren gespürt. Wir hatten etwas nachzuholen. Ich war hungrig. Ich war hungrig nach Laura, sie war hungrig nach mir. Wir hatten uns äußerlich verändert, die Jahre hatten ihre Ringe um uns gesponnen, unsere Konturen weicher gemacht. Aber in uns brannte noch Glut. Ein Windhauch, und die Glut würde wieder Flammen schlagen. Auch bei Laura. Diesmal würde auch sie um Wasser flehen.

Südsteiermark: Heißes Land mit Hügeln, die sich gegen den neuen Staat Slowenien hin staffeln, morgens und abends wie von Nebelschleiern erschaffen, eine Fata Morgana, Märchenland, aber ohne Pinguine. Vor gar nicht so langer Zeit verlief irgendwo hinter einem der Hügelzüge der Ausläufer des Eisernen Vorhangs, durch ein Dorf sogar mitten auf der Straße, mit weißen Grenzsteinen am Rand, worauf unter einem roten Stern zu lesen stand: Socijalisticka Federativna Republika Jugoslavija – Sozialistische Föderative Republik Südslawien. Sogar die Minenfelder und Wachtürme an der Ostgrenze Österreichs gab es nicht mehr.

Laura war von der Hitze erschöpft, aber in bester Stimmung. Sie zog die Sandalen bald aus, legte die Füße mit den farblos lackierten Nägeln sogar aufs Armaturenbrett. Sie trug ein helles Baumwollkleid, ihre Korallenkette und eine Sonnenbrille. Ihre Haut, auf deren feinen Härchen die unsichtbare Sonne spielte, glänzte vor Sonnenöl. Sie trug nicht einmal mehr einen Büstenhalter wie alle ehrbaren Frauen in ihrem eigenen Land.
Als wir an einem Badeweiher vorbeikamen und ich Laura fragte, ob sie sich ein wenig abkühlen wolle, nahm sie die Füße vom Armaturenbrett und verneinte. Sie habe ihre Tage bekommen.

Ich bog nicht von der Straße ab, fuhr weiter durch Pappelalleen, schmale Straßen zwischen Hügeln voller Weingärten, dann und wann vorbei an einem kleinen Gehöft. Es war ein Donnerstag, die Buschenschänken noch nicht überlaufen wie am Wochenende. Ich zeigte Laura mehrere. Sie fand alle schön, suchte sich dann eine aus, wo die Holztische unter Sonnenschirmen standen, die Aussicht wunderbar und die Bänke noch unbesetzt waren. Nur ein kleines, barfüßiges Mädchen, das eine Puppe im Arm hielt, saß auf einer Treppe und lief ins Haus.

Eine korpulente Frau mit schwarzem Kopftuch, wohl die Großmutter des Mädchens, erkundigte sich nach den Wünschen der *Herrschaft*, wie sie uns nannte.

Laura fragte mich dann, ob die Frau Schweinefleisch servieren dürfe. Ich sah sie irritiert an. »Wegen des Kopftuchs«, sagte Laura. Ich lachte.

Geräucherter Schinken mit Kren, Würste und Verhacktes, Leberpastete, harte Eier, eingelegte Peperoni, Essiggurken, Paradeiser, Paprika, dazu schwarzes Brot, Wein und Wasser.

Wir aßen, wir tranken. Ich rauchte. Wir unterhielten uns. Über Belangloses.

Nachdem wir die Platte leergegessen hatten, öffnete Laura ihr kleines Umhängetäschchen. Sie zog ein Foto heraus und legte es auf den Tisch, eines der letzten Familienfotos. Ich betrachtete Sally. Ich bemühte mich, meine Erregung zu verbergen. Sally sah der jungen Frau verblüffend ähnlich, die ich mir immer wieder vorgestellt hatte – Sally-sweety-pie, my young fine Lady! Dann der halbwüchsige Sohn. James. Ich hatte ihn noch nie gesehen, trotzdem kam er mir auf merkwürdige Art vertraut vor. Vielleicht nur wegen der Augen. Beide Kinder hatten die blauen Augen ihrer Mutter.
Was Sally beruflich machte?
»Deutsch und Französisch am University College Dublin.«
»Und der Bub?«
»Geht noch zur Schule.«
Ich sah mir das Foto lange an. Es war ein Familienfoto ohne Ehemann. Mir ging durch den Kopf, daß die Menschen darauf unter gewissen Umständen meine Frau, meine Kinder, meine Familie hätte sein können – vielleicht, wenn

ich nicht um den St. Stephen's Green gekurvt wäre –, ich hielt mir eine Hand vor die Augen, als blende mich das diffuse Licht, entschuldigte mich und suchte wankend die Toilette auf.

Ich hatte Laura nicht täuschen können. Als ich mich wieder setzte, nahm sie meine Hand in ihre Hände und küßte sie, bevor ich ihre Hände küßte. Ich setzte mich neben sie. Wir saßen da, Schulter an Schulter, Schenkel an Schenkel, Arm um die Wespentaille, Arm um die Hüfte, im Ohr das Geräusch von Atemzügen, von denen der eine immer anhob, wenn der andere zu Ende ging. Laura zitterte, wir sprachen kein Wort. Irgendwo zirpte eine Grille. Dann und wann schoß eine Biene oder Hornisse wie aus dem Nichts auf unsere Köpfe zu, bevor sie sich mit eckigen Bewegungen verzog. Wir erzählten einander zwanzig Jahre Trennung.

Heim fuhren wir auf der Autobahn, die Bundesstraße war nicht ungefährlich. Zu viele Betrunkene trotz Kontrollen und hoher Strafen, außerdem wurde es dunkel, man sah ohnehin nicht mehr viel von der Landschaft.
Die ganze Fahrt über bedachte Laura mich mit den kleinen Zärtlichkeiten einer Liebenden. Ich

nahm sie dankbar an. Ich fühlte mich im Himmel, im Vorhimmel. Nach so vielen Jahren die ungenierte Erwiderung meiner Gefühle. Ich hatte noch nie mit einer Frau geschlafen, die ebenso viele Gefühle für mich übrig gehabt hätte wie ich für sie oder umgekehrt. Ein Manko, bei dem ich aber keinen Schuldigen finden konnte. Es war einfach so. Auch deshalb heiratete ich nie. Heirat ohne gegenseitige Liebe wäre mir schäbig vorgekommen. So manche Frau hatte mich heiraten, sogar aushalten wollen. Ich hätte diese Abhängigkeit nicht ertragen.

Die Stadt empfing uns mit leuchtenden Armen, mit dem gelben Licht der Peitschenlampen. Im Stau zwängten wir uns durch meine kleine Stadt, wo das höchste Hochhaus zwar viel höher als der Wolkenkratzer von SONY in Dublin ist, aber die normalen Gebäude ähnlich niedrig, erst kleine Häuser mit rotem Satteldach, denen man die Vorstadt ansieht, dann die vierstöckigen Gebäude der Innenstadt. Straßenbahnen, Busse, die Fußgänger diszipliniert. Keine Passanten, die bei Rot über die Straße gingen. Zugegeben: Ich war seit zwanzig Jahren nicht mehr in Irland gewesen. Das Land soll sich ja mächtig verändert haben. Laura Grey hieß immerhin wieder Laura Wyte.

Sie wischte sich den Schweiß aus dem Gesicht, das Taschentuch färbte sich. Ihre letzten Kräfte wichen, der alte Golf hatte keine Klimaanlage, er glühte wie ein Backofen.

Vor dem Hotel fand ich keinen Parkplatz. Ich hielt in zweiter Reihe, wir umarmten einander, unsere Lippen fanden sich. Ich bedrängte Laura, ich sehnte mich nach ihr, mit jeder Faser meines Körpers, meiner Seele. Ich bedrängte sie so wie damals in ihrem Büro, wo uns nur die Kühe vor dem Fenster sahen, bevor sie ihr Haar, ihre Bluse, ihren Rock in Ordnung bringen mußte, wenn es an der Tür klopfte und sie mit Blick zur Tür ins Englische wechselte. Sie stöhnte, sie wimmerte, ich bekam ihre Tränen auf die Lippen, ihre Feuchtigkeit an die Hände. Ihren Geruch. Den Geruch dessen, was man auf englisch so vornehm mit *the very female thing* umschreibt. Lichtkegel glitten über uns hinweg, Gehupe, die Straßenbahn sandte ihr elektrisches Gezirpe aus, Laura drückte mir einen Schlüssel in die Hand: »Morgen, vier Uhr Nachmittag, auf meinem Zimmer?« Das erneute Zirpen der Straßenbahn, Linie 1 oder 7, aggressiv, eine letzte Umarmung, ein letzter Zungenstoß, die Süße der Begierde. Ein Abschiedsblick, die Autotür fiel zu, ich legte den Gang ein und fuhr los, im glänzenden Rückspiegel an der Seite das Winken Lauras, ihre Handküsse. Eine Gestalt, die sich im Lichterspiel verlor, eine Fee aus einem anderen Land, einer anderen Zeit.

Die halbe Nacht konnte ich nicht schlafen, weil ich die kurzen Stunden mit Laura wieder und wieder wie einen Film in meinem Kopf abspulte und ich meine Hände nicht waschen wollte. Meine Hände waren mein Schweißtuch. Ein sogenanntes neudeutsches Sweat-shirt? Ein Sweattowel? – Das Schweißtuch ist ein Tüchlein unserer Breiten, das die Geliebte durch ihre Achseln und Schenkeln zog, damit der Geliebte auch in der Nacht von ihr träumen konnte, gewiegt von ihrem Duft und dem Versprechen ihrer Liebe. Mein Vater hatte noch ein Schweißtuch besessen. Ich hatte keines mehr. Ich war nicht wirklich alt, aber auch nicht wirklich jung. Mann in den sogenannten besten Jahren. Schweben zwischen Himmel und Hölle. Privat und beruflich. Ein Niemand.
Dann wusch ich meine Hände doch, bei einem der Toilettenbesuche, die mir nach zwei oder drei

Stunden Schlaf, gerädert von vorherigen viel kürzeren Unterbrechungen, den Verstand durcheinandergebracht hatten. Außerdem würde ich Laura ja wiedersehen.

Am nächsten Tag regnete es. Ich konnte es kaum fassen. Als ich zum letzten Mal auf die Toilette gegangen war, sah ich Wetterleuchten, ein paar Blitze am Horizont. Nun meldete das Radio, über weite Teile Österreichs seien schwere Unwetter niedergegangen. Die Hitzewelle sei vorläufig unterbrochen, neue Hochs drängten aber vom Mittelmeer herauf. Die Luftmassen würden auf Winde aus den Steppen Osteuropas treffen.

Tabletten, Dusche, Frühstück ... ein Ritual, um den Tag halbwegs gerüstet zu beginnen, die Mühle meines Lebens in Gang zu halten. Mein Leben empfand ich zunehmend als Witz. Bald fünfzig und gesundheitlich am Ende. Mein eitler Trost waren eine Handvoll Freunde und einige Frauen, die nicht nur gern aßen. Und natürlich das wichtigste von allem: meine Arbeit als Schriftsteller, die mich aufrecht hielt.

Dann rief mich Lili an: Verdammt, sie brauche unbedingt ihr Auto, sie müsse den Kleinen um zwölf von der Schule abholen. »Du könntest

dir wirklich selbst einmal eins kaufen. Wozu schreibst du eigentlich, wenn es kein Geld bringt?« Ich schluckte, während sie hinzusetzte: »Du hast keine Ahnung vom wirklichen Leben, du bist verrückt. Jeder vernünftige Mensch hätte längst aufgegeben!«
Als ich ihr die Wagenschlüssel übergab, entschuldigte sie sich: »Eine kleine, neidische, dumme Gans aus Slawonien. Ich geniere mich. Ehrlich!« Und dann umarmte sie mich wie verschnupft, setzte sich ins Auto und fuhr davon. Und ich ging zur Straßenbahnstation der Linie 1 und fuhr eine Weile in dieselbe Richtung: Ich hatte ja keine Ahnung vom wirklichen Leben.

Vor der Musikhochschule stieg ich aus. Der Regen hatte aufgehört, es dampfte, der Himmel klärte sich, leuchtete an manchen Stellen rosa und blau durch federleichte Schleier, die irisierten. William Turner? Ich ging am gläsernen Eingang vorbei, um nach Laura Ausschau zu halten. Ich erblickte sie nicht. Ich war versucht, einfach ins Hotel zu gehen, an ihre Tür zu klopfen, ihr Zimmer zu betreten, als ich merkte, daß ich ihren Schlüssel zu Hause vergessen hatte.

Ich hätte zur Universität hinüberspazieren und mich in den Hörsaal schleichen können, wo Laura noch einen Vortrag halten mußte. Ich tat es nicht. Aus einer gewissen Scheu heraus, mein Auftauchen würde sie verunsichern. Außerdem wußte ich nicht mit Sicherheit, ob es sich um einen öffentlichen Vortrag handelte. Vielleicht hatte ich auch noch die eiserne angelsächsische Regel im Kopf, daß man keinen Hörsaal betritt, ohne dafür zu bezahlen. Ich wußte es nicht so genau. Ich wußte nur, daß ich Laura auf keinen Fall in Verlegenheit bringen wollte: Heute um 16 Uhr, Zimmer Nummer 52, ich hatte sogar den Schlüssel – was wollte ich mehr?

Zu Hause tat ich – nervös wie ein Halbwüchsiger – das, was jeder Liebende macht, der zum ersten Mal mit seiner Geliebten schläft: ausgiebiges Bad, Haarwäsche, erneute Rasur mit Rasierschaum und Dreifachklinge, frische Unterwäsche, die ich sogar bügelte, Maniküre, Pediküre, Zahnseide … ein Aufwand, der mir keineswegs übertrieben vorkam.

Dann die Prozedur vor dem kleinen Spiegel über dem Waschbecken. Gesamteindruck: kein besonders *handsome man*, keiner, der Fitneßstudios

aufsucht und flotte Sprüche auf der Zunge hat, denn er weiß, daß morgen schon vergessen ist, was heute gefeiert wird. Er weiß auch: Die Muskelkräfte schwinden schneller als andere Kräfte.
In seiner Disziplin ist er Hochleistungsartist.
Widerspenstige Härchen über den Augenbrauen, er schneidet sie nicht ab, obwohl die Versuchung ihn anficht.
Mundspray? So etwas besitzt er gar nicht. Er hat nur drei Plomben aus Kunststoff und keinerlei Mundgeruch.
Als er sich im Vorzimmerspiegel von Kopf bis Fuß betrachtet, ist er halbwegs zufrieden: Mehr war nicht zu machen, wenn er sich nicht verleugnen wollte. Keine athletisch breiten Schultern, keine vollmundigen Lippen, kein Waschbrettbauch – schon lange nicht mehr. Er war so, wie er war. Nicht mehr, nicht weniger.

Noch fast zwei Stunden: Ich rauchte einige Zigaretten und überlegte, welche Blumen ich Laura mitbringen sollte. Dann schlüpfte ich in Schuhe und Sakko, sperrte die Wohnung ab, tastete nach dem Hotelschlüssel in der Hosentasche und suchte einen Blumenladen auf, der auf dem Weg lag.

Der Regen hatte den Tag abgekühlt, was ich als angenehm empfand. An den Blättern der Kastanienbäume vor mancher alten Villa funkelten noch Tropfen. Die Sonne blinzelte hinter segelnden Wolkenfetzen hervor, die Straßen waren wieder trocken. Fast ein irisches Wetter, wäre es nicht schon wieder so schwül gewesen.
Ich kam viel zu früh vor dem Hotel an. Ein großer Bus hielt vor dem gläsernen Eingang, Gäste stiegen ein, wohl ein Bus, der zum Flughafen fuhr. Ich setzte mich in ein kleines Café ein paar Häuser weiter, blätterte durch Zeitschriften, sah immer wieder auf die Uhr an der Wand. Die Zeit verging und verging nicht. Jemand streifte meinen Blumenstrauß, er fiel zu Boden. »Verzeihung!« Ich nahm ihn der jungen Frau aus der Hand. »War meine Schuld, ich habe ihn ungeschickt plaziert.« Der Strauß war in eine durchsichtige Folie gepackt, oben mit Heftklammern versehen, kein Stengel gebrochen, keine Blüte abgefallen.
Noch einmal der Gang auf die Toilette, zur Sicherheit. Prüfende Blicke in den Spiegel über dem sauberen Waschbecken. Händewaschen, der warme Luftstrom aus dem Trockner. Dany, I really must do pee-pee! Please, Dany-Daddy!

B-a-d Mum! Dann hinaus auf die Straße, wo die Schienen der Straßenbahn in der Sonne glänzten. Von einem geöffneten Fenster der Musikhochschule wehten Flötentöne heraus.
Der Portier hatte alle Hände voll mit Gästen zu tun. Ich eilte die Treppe zu den Zimmern hoch. Oben angekommen, mußte ich eine Weile innehalten, mein Herz. Endlich vor Zimmer 52. Ich blickte auf meine Uhr: Ich war zwei Minuten zu spät dran. Ging die Uhr falsch? Machte nichts, zu pünktlich zu erscheinen galt in Irland ohnehin als *very German.*
Ich hob meinen Blumenstrauß und klopfte. Niemand antwortete. Ich holte Luft und klopfte wieder, diesmal ungeduldiger.
Wieder keine Antwort.
Wozu hatte Laura mir ihren Schlüssel gegeben? Ich steckte den Schlüssel ins Schloß, drehte ihn um, öffnete die Tür und trat ein: Ein Zimmer in grünen und goldenen Tönen umfing mich, ein Zimmer mit Klimaanlage, altmodischen Möbeln und dem Duft von Minze. Und während mein Herz unregelmäßig zu klopfen begann, daß ich fürchtete, es würde bald aussetzen, ahnte ich, daß ich so wenig über Irland wußte wie vor zwanzig Jahren, als ich von Fishguard nach

Rosslare übersetzte, um eine ferne Insel zu betreten.
Ich schämte mich meiner Dummheit, ich ging zitternd auf das sauber gemachte Doppelbett zu, worauf ein weißes Kuvert lag. Schmerz erfaßte mich, ich küßte das Kuvert und öffnete es. Was ich in die Hände bekam, war ein Foto, auf dem Laura aussah wie vor zwanzig Jahren: Mir war, als würden die Schläge in meiner Brust verebben.
Ich rannte die Treppe hinunter, streifte mehrere Gäste, kam auf der Straße an, den Klang von Flöten und genagelten Schuhen in den Ohren, im Auge Bilder junger Mädchen mit steifem Oberkörper, die ihre Beine fliegen ließen, versunken in fernen Zeiten. Ich lief in den plötzlich einsetzenden Regen, während meine Fußsohlen feucht wurden.
Ich lief und lief ... was für ein Idiot ich doch war ... eine Frau, älter als ich, die wegen ihrer Tage nicht hatte baden wollen! Laura war auf meinen Kontinent gekommen, in mein Land, in meine Provinzhauptstadt, aber ... Scham erfüllte mich, spornte mich an. Wie zum Trost stellte ich mir einen Mann vor, der sich an den Computer setzt und schreibt und schreibt, hinter Jalousien,

mit Blick auf viel Grün und die vorbereiteten Grabsteine am Eingang eines Friedhofs. Er schreibt bis zur Erschöpfung, mit unregelmäßig schlagendem, abnorm vergrößertem Herzen, das es ihm unmöglich macht, auf der linken Seite zu liegen, er schreibt und schreibt, im Rauschen des Blutes schon das Rauschen des Styx fürchtend. Sein Homöopath bittet ihn händeringend, er solle weniger arbeiten und keinen Wein und keine Zigarette mehr anrühren, sonst könne er sich bald ein anderes Herz einsetzen lassen oder nur mehr beten. Der Stubenhocker wird sich aber einen gewissen Stil bewahren. Ob er nicht wisse, wie ernst seine Lage sei? – Mein Leben ist Nebensache, Herr Doktor! Er kennt die beängstigenden Vorboten des ewigen Schlafs. Oft setzt sein Puls in der Nacht aus, jedenfalls bildet er sich das ein, er pocht mit der Faust gegen die Brust, das Herz vibriert wie unter Strom, dann schlägt es weiter, stolpert weiter, mit seltsamen Zwischenschlägen. Er kann selten länger als zwei Stunden durchschlafen, weil die Blase ihm keine Ruhe läßt oder die Erstickungsanfälle durch die Medikamente ihn panisch hochfahren lassen, mit einer Mundhöhle so trocken wie nach einem Wüstenmarsch. Das Einschlafen ist wie das Einschlafen in einer Folterzelle, die keine brachialen Spuren hinterläßt, die Wärter sind unsichtbare Engel, die ihm ins Ohr raunen, daß er jederzeit bereit sein muß. Er hat dem Tod schon öfters ins Auge gesehen, aber der plötzliche Tod im Bett, allein und ohne Abschiedsgabe für Laura, womöglich im Schlaf, dieser Tod kommt ihm heimtückisch und grausam vor, gegen diesen Tod wehrt er sich. Wenn sein Herz wieder zu schlagen begonnen hat, fürchtet er sich vor dem Einschlafen, obwohl er sich sagt, daß das Leben keinen Sinn hat, wenn man es mit niemandem teilen kann. Und wenn er sein Herz nicht aus eigener Kraft wieder zum Schlagen bringen kann, hofft er inständig, daß kein Postbote an der Tür klingelt und ihm das körperliche Leben rettet, aber seinen Geist in die Tiefen eines Wachkomas verbannt. Er wird wie im Fieber schuften, damit Laura eines Tages ein Buch erhält, das von seiner Liebe kündet. Und wenn ihm zu wenig Zeit bleibt, sich mit den Verlegern herumzuschlagen, wird Laura wenigstens ein Manuskript erhalten, eingeschlagen in rotes Glanzpapier. Egal wie, seine Geschichte wird Laura auf jeden Fall erhalten, dafür wird er sorgen, er muß nur mehr so viel Zeit herausschinden, sie zu beenden. Zwei

Wochen, drei Wochen? Er muß durchhalten, Tag für Tag, Stunde für Stunde, unterbrochen nur vom Gang in den nahen Supermarkt und zur Staßenbahn, sagt er sich, während sein Atem kürzer wird, er Messerstiche in den Hüften spürt. Vielleicht kann er seinem Todesengel eine Weile ausweichen, obwohl dessen Bahn vorgezeichnet ist wie die der Rechenzähne im steinernen Garten – er ist nur ein Steinchen, das ein göttlicher Kamikaze jedoch um einen Millimeter verlegen kann. Wenn Laura ein kleines Paket erhält, wird der Stubenhocker aber tot sein. Es wird kein Brief beiliegen, keine Videokassette, kein Foto. Nichts. Er stellt sich vor, wie Laura durch die Seiten blättert, mit bangem Herzen, das erhält ihn am Leben. Sie wird blaß werden, vielleicht wütend, empört, vielleicht auch nur sprachlos, wenn sie ahnt, worauf sie sich einläßt, auf wen sie sich eingelassen hat, wem sie sich zum zweiten Mal entzog.

Weil sie Irin ist?

Vielleicht entdeckt sie, daß sie noch immer begehrenswert ist, daß sie nie vergessen wurde, daß er ihr ein Leben nach ihrem Leben schafft. Sie wird von seiner Sehnsucht, seinem Begehren lesen können, ein schriftliches Vermächtnis wie

ein Liebesdenkmal, ein kleiner Palast am Ufer eines Flusses in der Hitze eines fernen Landes, eines fremden Kontinents, am Ende ihrer Welt. Vielleicht, so hofft er, wird sie eine Stimme entdecken, die ohne sie nicht möglich gewesen wäre. Vielleicht kann sie wenigstens am Ende ihrer Tage loskommen von den Einflüsterungen der Pinguine vor dem Hintergrund schwarzweiß gescheckter Kühe und sich aufraffen, die paar Seiten sogar ihrer Tochter zu übergeben, der er ein freieres Leben wünscht als es ihrer Mutter gestattet war, die am English Department in Claire so viel gelesen hat, aber nichts Wesentliches davon in ihr Leben übertragen konnte. Vielleicht, so hofft er, sind seine Seiten die einzige Literatur, die ihr buchstäblich unter die Haut gehen wird, wenn sie sich, ach Laura, liebste Laura, in einem Zauberspiegel zwischen Wirklichkeit und Möglichkeit erkennt, nachdem sie die Geschichte wieder einmal heimlich zu Ende gelesen hat, die beginnt mit:
Nie hätte ich gedacht, daß auch ich eines Tages um den St. Stephen's Green kurven sollte.

# Tim Krabbé

Roman **Kathys Tochter**

255 Seiten. € 18,90

Gebunden, mit Schutzumschlag.

ISBN 3-379-00818-4

Eines Tages erhält der Ich-Erzähler eine E-Mail von einer jungen Frau namens Laura Westerdijk. Sie habe im Nachlass Ihrer Mutter Hinweise darauf gefunden, dass er vor langer Zeit mit ihrer Mutter eine Beziehung gehabt habe. Nie habe die Mutter ihr davon erzählt, weshalb sie begierig sei, mehr darüber zu erfahren.
Mehr als 35 Jahre ist es her, dass er mit Kathy eine kurze, intensive Beziehung hatte. Neugierig geworden, verabredet er sich mit Laura. Als er sie sieht schieben sich Vergangenheit und Gegenwart ineinander. Eine neue, leidenschaftliche Beziehung beginnt.

»Wie die erste Liebe und die späte Liebe beschrieben werden, die verzwickten Gefühle und die erotischen Entdeckungen, das ist so intensiv und psychologisch nachvollziehbar und herzzerreißend.«
*Westfalenpost*

»Krabbé zeigt, dass es in der Liebe weder Regeln noch Tabus gibt, dass Verliebtheit und Wahnsinn untrennbar sind. Und jenseits aller moralischer Verunsicherungen erzählt er eine wunderschöne Liebesgeschichte.«
*Neue Presse*

RECLAM
LEIPZIG